U0904110

长篇小说

原来的世界 5

作者 缪热

大结局

北京联合出版公司

图书在版编目（CIP）数据

原来的世界.5，大结局/缪热著. —北京：北京联合出版公司，2012.6

ISBN 978-7-5502-0711-0

Ⅰ. ①原… Ⅱ. ①缪… Ⅲ. ①长篇小说－中国－当代 Ⅳ. ①I247.5

中国版本图书馆CIP数据核字（2012）第109764号

原来的世界.5 大结局

作　　者：缪　热
选题策划：曹江凤
责任编辑：崔宝华
装帧设计：小徐书装

北京联合出版公司出版
（北京市西城区德外大街83号楼9层　　100088）
三河市文通印刷包装有限公司印刷　　新华书店经销
字数：207千字　　700mm × 990mm　1/16　　印张：14
2012年7月第1版　　2012年7月第1次印刷
ISBN：978-7-5502-0711-0
定价：29.80元

本书若有质量问题，请与本公司图书销售中心联系调换。电话：010-82069000

目录

1. 能起死回生的人

黎明的暗光开始浮现之时，周遭的光线显得愈加暗淡了一些。光明与黑暗似乎在作着最后的对决，寂静的四周在沉默的僵持中积蓄着一种随时会爆发的力量。

这样的安静接近于死寂，空气里充斥着混沌的气息。

首先从一场昏梦中醒过来的是日渥布吉，从地面传递出的一股股透心的凉意让他打了一个激灵。睁开眼，眼前昏黑一片，一时间不大适应这样的光景，脑子里也是懵懵懂懂的，反应也似乎迟了半拍，搞不清楚自己现在究竟躺在什么地方。

他从冰凉的地上坐起来，看见一两米远的地方似乎端坐着一个人。人影模模糊糊的，一动不动。日渥布吉的心里充满了诧异。他用手使劲拍了拍昏沉沉的脑门，脑子才灵光了一些，先前的事情便在脑海里浮现出来。

而他的身旁，石营长和崔警卫仍旧躺在地上，石营长甚至打着匀称的呼噜。

日渥布吉还是没有明白过来他们三人怎么会躺在冰凉的地上，而且还死死地睡着了。

那个端坐在昏黑的空气中的人又会是谁呢?

好奇心令日渥布吉尚且来不及去叫醒石营长和崔警卫。他站起来，朝那个人影走过去。

当凑近人影时，日渥布吉不由得吃了一惊，原来是静园老和尚在就地打坐。此时的静园老和尚双目微闭，日渥布吉很明显地感觉到，从静园老和尚的身体里正在渗透出丝丝缕缕凉飕飕的气息。

日渥布吉吃了一惊，他把手指探到静园老和尚的鼻翼下，静园老和尚的气息就像停止了一般。

难道老和尚就这么圆寂了?

日渥布吉这一惊非同小可，转身疾步走到躺在地上的石营长和崔警卫旁边，把两个人从昏梦中摇醒，大声喊:"赶紧起来!赶紧起来!出事了!出事了!"

正做着浑天昏梦的石营长和崔警卫就像被冷水浇了似的一下子从梦中惊醒过来。职业军人的专业素养让他们的神经条件反射似的随时处于警戒的状态。

首先翻身起来的石营长大声问道:"出什么事了?"

崔警卫也几乎是和石营长同时起身的，他神目放光地朝着四下里警觉地张望。

"静园师父出事了。"日渥布吉说。

石营长和崔警卫这时也看见了端坐在不远处的静园老和尚，三个人一起走过去。

"怎么在这儿参禅打坐?不怕着凉吗?"石营长说。

日渥布吉却说:"恐怕不是参禅打坐，我担心老师父是圆寂了。"

"圆寂了?你是说他死了?"石营长和崔警卫同时睁大了眼睛。

"已经没有气息了，浑身凉得像冰块一样。"日渥布吉说。

"怎么会这样?"石营长边说边伸手去探静园老和尚的鼻息，果然是鼻息全无，浑身冰凉。

“究竟发生什么事了？”石营长问。

日渥布吉和崔警卫都糊里糊涂地摇头。

“这阵子几点了？”日渥布吉问。

石营长抬手看了一下表，说：“五点了。”

日渥布吉望了望黑沉沉的天空，说：“还有两三个小时天就要大亮了。我们怎么会躺在这荒郊野外睡死过去？”

石营长挠了挠后脑勺，说：“我也正想这个事情呢，按说不应该啊！”

“一定是我们睡过去的时候这儿出了啥事情。”日渥布吉说。

“能出啥事情？这阵子不是啥事也没有吗？四周静悄悄的，看样子很太平嘛！”

“不对。我感觉这周围的环境有点儿怪怪的。”

这时，崔警卫大声说道：“糟糕，忘了我们绑的人了。”

听崔警卫这么一提醒，石营长和日渥布吉才想起先前被堵了嘴巴、绑了丢在灌木丛里的那两个年轻人。

“赶紧过去看看，别冻死了。”石营长立刻大声说。而崔警卫已经朝着那边快步走了过去。

一会儿，崔警卫又快步跑了回来。

“人怎么样？”石营长问道。

崔警卫却摇头说：“不见了，一个都不见了。”

“蹊跷！简直是太蹊跷了！一定是我们睡觉的时候，这儿出了啥古怪的事情。”日渥布吉说。

“现在还不是讨论出没出事情的时候。我们现在的当务之急是先把这个老和尚背回去再说。这儿的事情，等天亮了再来处理。”石营长说道。

日渥布吉此时也没有更好的主意，只好依了石营长。石营长便命令崔警卫负责背静园老和尚。把静园老和尚朝崔警卫身上扶的时候，静园老和尚的身子却像是石刻的雕像一般，四肢僵硬，打坐的姿势死死地固定住了，怎么也分不开。

“难道尸体已经僵了？”石营长问。

“兴许是冻成这样的。”日渥布吉说。

“那咋弄？这个姿势怎么背？”

日渥布吉也感到极其为难。

“管他呢，先抬到小崔的背上再说，我们从后面帮他拢着点。”

于是静园老和尚就被抬到崔警卫的背上，崔警卫从来没有背过这种姿势的人，所以别扭得要死，幸好有石营长和日渥布吉在后面协助。三个人绊手绊脚地朝着斑竹林的外面疾走而去。

有公鸡啼鸣的声音在空旷的乡野间响起，随后又有了狗的吠叫声，零星地在相邻的院子间呼应着。

三个人背着静园老和尚回到祠堂，早已是累得气喘吁吁、满头大汗了。

石营长上去叩动了祠堂大门上的扶手，里面的姜大爷就像一直恭候在门背后一般，两扇沉重的大门“嘎吱”一声就露出了一道缝，还没等姜大爷的脑袋从门缝里伸出来，石营长已挤身迈进了门槛，同时一下子把大门推开。

三个人又急急慌慌地把静园老和尚朝大厅里扛。

佘诗韵一直坐在大厅的门槛上，依着门框打盹，听见响动睁开眼，迷迷糊糊搞不清楚是怎么回事，一脸惊愕的表情。

屋子里的两盏煤油灯的芯子扯得很长，旺盛的火苗把屋子照得很亮堂，但仍旧有恍恍惚惚的缥缈感。

那三个带着眼镜的老学究仍旧蹲在那一堆破瓦砾旁边仔细地翻选着，对进来的日渥布吉和石营长他们几乎是充耳不闻，到了物我两忘的境界。他们被这一堆破玩意儿给彻底迷住了。

张幺爷和张子恒蜷缩在屋子的一个角落里，也被惊醒了。

紧跟在后面的姜大爷呼呼喘气地大声问：“究竟出啥事了？咋把

老和尚背着回来了？”

石营长却说：“赶紧找一把大椅子过来。赶紧！”

姜大爷哦哦地应着，慌忙去搬一张竹制的大圈椅。

屋子的气氛顿时变得慌慌张张地不安分起来。

张幺爷和张子恒虽然没有弄明白发生了什么具体的事情，但是从进来的几个人的表情上可以感觉到一定是又出了啥岔子。看见静园老和尚被三个人如此别扭地抬进来，就像是抬着一个打坐的菩萨一般，心里诧异万分，他们两个人赶紧上去帮忙。

静园老和尚被放在了大圈椅里，仍旧是一副打坐的样子，姿势没有丝毫变化。

张幺爷凑过去，仔细端详了一下静园老和尚的脸。此时的静园老和尚神情极度安详，只是从他身体内透出的股股凉飕飕的气息让张幺爷不由得从心底里打了一个冷战。

“这老和尚究竟是咋回事啊？咋就像石菩萨一样了，还冷冰冰的？”张幺爷问。

张子恒也凑过去，伸手在静园老和尚的鼻子底下探了一下，惊得咦了一声，说：“没气了！死啦？”

听张子恒这么一说，张幺爷不信，也伸手在静园老和尚的鼻子底下探了一下，一下子就僵在那儿了，好一会儿才说：“好端端地出去，咋就死人一样的回来了？这老和尚的命咋这么脆贱……”话还没有说完，他的喉咙就哽咽住了。

屋子里的人一时间都显得有点儿手足无措。

好一会儿，姜大爷才说：“咋弄？老和尚死了，本来该作法事念经超度的，可是现在又不敢搞这些，咋弄？”

石营长皱着眉，埋着头在屋子里踱着步。遇上这样的事情，搞得他有点儿一筹莫展。就连日渥布吉也显得很沉默，浓黑的一双眉毛锁得死死的。

盘腿端坐在大圈椅上的静园老和尚在飘摇的煤油灯光的映照下，此时显得愈加的平和安详。这种超然物外的神态和姿势，似乎凡尘俗世间的跌宕风云早已被他洞穿。

这是一种真正的物我两忘的境界!

这时，张幺爷突然说道：“不对，我想起来了，这老和尚没死。他在开我们的玩笑呢!”

张幺爷的话却并没有引起石营长和日渥布吉的注意，倒是张子恒回了一句：“幺爷，你又说啥胡话呢？气都没有了，浑身都硬邦邦的，还没死？”

张幺爷却信誓旦旦地说：“你晓得个锤子。我说这老和尚没死就是没死。他这是把大门关上了，正美美地睡着觉呢!”

张子恒的眼睛都瞪圆了，他用手背探了一下张幺爷的额头，说：“幺爷，你没发烧吧？咋尽说胡话。”

“老子没说胡话。这老和尚真的没死。我晓得只有一个人可以把他叫醒。”张幺爷说。

这时，石营长和日渥布吉才开始注意起了张幺爷说的话，两个人一起盯着张幺爷。

张幺爷却继续对着张子恒说：“你记不记得前阵子在饮牛池里淹死的庹师？”

张子恒点点头，接着眼睛就一下子亮了，说：“幺爷，你是说小白可以把这老和尚救活过来？”

张幺爷的脸上此时洋溢起了得意的笑容，说：“除了我干闺女小白有这本事，恐怕这天底下再也没有人会了。”

“小白？哪个小白？”石营长不解地朝日渥布吉问道。

“一个倔犟神秘的女子。”日渥布吉说。

“老头的话可信？”石营长又小声问道。

日渥布吉没有回答石营长的话，而是走到张幺爷的身边拉了一把张幺爷，说：“张幺爷，我们借一步说话。”

日渥布吉把张幺爷拉出了大厅来到天井里，说：“张幺爷，你确信你刚才不是在信口开河？”

这个时候张幺爷的底气显得足得不能再足地说：“你看我像信口开河的人吗？”

日渥布吉没有马上回答张幺爷的话，而是将目光在张幺爷的脸上停留了几秒钟。昏黑的光影里，张幺爷脸部的表情看得不是很清楚，但是，日渥布吉依旧可以从这张清瘦的脸上看出质朴和真诚。

张幺爷又说：“不过这个事情得抓紧办，不然错过了时辰，就是小白来，也不一定能起死回生。上回庹师那个事情我就听小白亲口跟我说起过，错过了叫醒他的时辰，她也是没有办法的。”

日渥布吉友好地拍了拍张幺爷的肩膀，说：“我晓得该咋办了，谢谢你张幺爷。”说着转身就进了大厅里。

大厅里的气氛仍旧显得很沉闷，煤油灯的火焰倒是燃烧得极其旺盛，但摇曳的火光却把整个大厅映照得更加虚幻迷离。见日渥布吉重新走进来，大家都一筹莫展地看着他。

日渥布吉径自走到静园老和尚的面前，审视了片刻，然后对站在一旁的姜大爷说：“姜大爷，能不能找一间背静的空房子，先把老师父安置了？”

姜大爷不解地说：“把老师父安置在一间清静的屋子里？他不是圆寂了吗？”

日渥布吉显得有点儿不大耐烦地说道：“你就别啰啰唆唆的了，只消说有没有一间清静的屋子就行了。”

姜大爷说：“有倒是有，不过得收拾一下，里面杂七杂八地堆满了原先的烂家具、烂柴火。”

“还收拾啥？能放下这个老师父就行了。”

“可是，得让人在旁边守着老师父才要得。那间屋子里的耗子个顶个的大得很，又凶又饿，我怕没人守着的话，耗子会把老师父的尸首咬了。

万一诈尸了，就更不吉利、更吓人了！”

听姜大爷这么一说，日渥布吉就把眼光投向了一直紧皱着眉头的石营长。石营长也正听着日渥布吉和姜大爷说的话。

“这个事情就交给崔警卫吧。先把老师父抬到那间屋子里再说。”石营长说。

几个人在姜大爷的引领下，又七手八脚地将静园老和尚弄出了祠堂的正厅。张幺爷本来也要脚跟脚地上去帮忙的，却被石营长留了下来。

张幺爷对石营长已经有了几分拘谨。乡下人，无论对大官小官，心里始终存在这样的高低之分。这是发自心底的，甚至是骨子里的拘谨，这种拘谨就像进入了基因序列里面一般，已经无法从根上抹去了。

石营长朝张幺爷问："你刚才说的话可是实话？如果妖言惑众，我可是有权力把你抓起来的。"

“我说的句句都是实话。因为我亲眼看见我的干闺女小白是怎么把度师救活过来的。她那手法真的是高明得很。”

“那你的干闺女小白现在在哪儿？”

石营长这么一问，张幺爷的神情立刻又暗淡下来了，眼睛里有泪光闪闪烁烁的。

“莫非是你的干闺女出了啥事情？”石营长问。

张幺爷捋起老棉袄的袖口，抹了一把眼泪，哽咽了一下，颤着声音说："我的干闺女被一帮坏蛋押起来带走了。"

“哦？被一帮坏蛋押起来带走了？”

“一帮坏蛋！也不知从哪儿冒出来一帮国民党的烂杆子部队，把小白和四个孩子都押起来带走了。”

“国民党的烂杆子部队？”石营长越发觉得事情有点儿蹊跷了。

“是啊！按说都解放那么多年了，就是土匪棒老二也一个不剩地被剿灭光了，我就不晓得打哪儿来的这一拨国民党的烂杆子部队，个个还背着美式的炮火，凶神恶煞的，吓人得很。”

“这个日渥布吉，咋一直没有跟我说起这个情况？”石营长自言自语地说。

而张幺爷这个时候却是眼巴巴地看着石营长，也许现在石营长成了他心里唯一能够救回白晓杨的希望。

石营长低着头原地转了几圈，沉吟了半晌，抬起头，目光和张幺爷眼巴巴的目光撞在了一起。

石营长上去拍了一下张幺爷的肩膀，说：“老人家，你不要着急，我们会想办法找回你的干闺女的。”

张幺爷就像吃了一颗定心丸似的不住点头道：“有首长的这句话，我就放心了。”

不一会儿，日渥布吉和崔警卫以及张子恒回到祠堂的正厅里。姜大爷没有跟着一起回来，他被日渥布吉安排在小屋子里守护静园老和尚了。

石营长把日渥布吉喊到了外边的天井里，好像要故意回避正厅里的人似的，在又干又冷的空气里小声说了好一阵子话，似乎还争执了几句，然后两个人又一前一后地走了进来。

佘诗韵一直似懂非懂地望着大伙儿，一头雾水，脸上全是迷茫的神情。

石营长朝崔警卫说：“小崔，立刻去把那辆中吉普发燃，我们得尽快地赶到卧牛村去。已经耽搁了大半夜，没时间耽搁了。”

崔警卫应了一声是，就疾步小跑着出去了。

张幺爷和张子恒听说马上要去卧牛村了，脸上激动地泛起了光彩。两人相互看了一眼，脸上露出了一抹久违的笑容。

卧牛村，对张幺爷和张子恒来讲，已经有了一种久别的感觉。

2 倒抽一口冷气

成都大平原，即使在隆冬的季节里，空气也不似北方的那么僵硬死板。这是典型的一块存在于内陆的海洋气候的肥地，虽然原野被一层厚厚的严霜覆盖着，但仍旧有掩藏不住的生机从白晃晃的霜冻中显露出来。麦苗减缓了生长的速度，可那一层层被霜冻冰封住的绿色依旧预示着来年的勃勃生机在蓄势待发。

石营长和张幺爷一行人乘坐着中吉普赶到时，天色还没有大亮，浓重的霜冻天气里，却不见一丝一毫的雾气。卧牛村就像仍旧沉睡在梦境中一般，死寂得没有任何生气。

中吉普在一个大草堆旁停了下来，最迫不及待的应该算是张幺爷，崔警卫尚且没有把车在村头停稳当，张幺爷就急着要从车上下来了。张子恒眼疾手快，抢先从车上跳下来，然后伸手接住张幺爷。

进村子的路变得狭窄，中吉普不能径自开进卧牛村里。石营长吩咐就用稻草将中吉普掩盖住，然后才跟着张幺爷一行人悄无声息地朝村子走去。

刚到村口，敏锐的直觉立刻令张幺爷感到一丝不安，他转动着脑袋朝着卧牛村大致地张望了一下，喃喃自语地说道："好像不大对劲啊！村子里咋这么清静，连蚊子声都没有？"

张幺爷的话立刻提醒了大家，石营长和崔警卫的反应最为明显，两个人的目光立刻就变得炯炯有神起来。

"老人家，你感觉出有啥不对劲了吗？"石营长朝张幺爷问。

张幺爷还没有来得及开口，张子恒这时抢先说话了："幺爷，你又开始疑神疑鬼的了。我们出来找小白的时候，村子里的人不是都到山上的憬悟寺里躲煞去了吗？兴许村子里的老老少少还躲在憬悟寺里没有回来。村子里清静得像没有人一样也是正常的事情啊。"

张幺爷没好气地朝张子恒说："你晓得锤子。再清静也不会清静成这个样子。这么多年了，哪天我不是最迟睡觉最早起床，每天我都要围着村子转上一两圈的，看哪家哪户有啥闪失没有。村子的每根竹子、每棵树，都像是晓得跟我打招呼似的。可是，今天，我感觉咋这么不得劲啊？"

张子恒有些不满地咕哝道："又开始整玄的了。"

日渥布吉对张幺爷的话深信不疑，说："村子里好像真是出了啥大事情。感觉气氛不对。"

听日渥布吉这么说，石营长和张幺爷等人都望向了他。

"你也这么说？"石营长疑虑地朝日渥布吉问道。

"我也只是凭直觉。"日渥布吉说。

石营长立刻不大耐烦起来，有些愤愤地说道："现在直觉有啥用？先进去看看再说。"

石营长和崔警卫因为怕引起不必要的误会，出发前都换上了便装，此时的打扮和普通人没有什么区别。

在石营长的带动下，一行人刚要进入村子之时，一道黑影就像箭一般地朝着他们射了过来。

张幺爷眼尖，他立刻认出了这道黑色的影子，大声喊道："是黑子！是黑子！黑子——”

黑子听见张幺爷的喊声，发出了一声轻轻的吠叫，眨眼的工夫就到了张幺爷的跟前。它在张幺爷的面前又是纵跃又是摇动着长长的尾巴，巴不得将前爪子搭在张幺爷的肩膀上，似乎想把张幺爷紧紧抱住才罢休似的，样子既亲热又兴奋。

张幺爷弓下身子，将黑子抱住，用手顺着黑子脖子上的毛，亲昵地朝黑子说道：“还是你这狗东西跟老子亲啊！这么冷的天不在窝里待着，还屁颠屁颠地来接老子，比人还灵性啊！”

黑子却朝着张幺爷呜呜地低声呜咽起来，就像是受了很大委屈的孩子。

张幺爷的手摸到黑子背上的时候，突然失声惊呼道：“咋一下子瘦了这么多。”他的手摸着黑子瘦骨嶙峋的脊梁，果然是瘦得只剩下一张皮了。

“黑子，老子走了这么几天，老刁婆子就没有喂你一口吃的吗？”张幺爷的心尖都疼了。

黑子低低地呜咽着，跳到地上叼张幺爷的裤管，把张幺爷朝着村子里拽。

日渥布吉这时拍了拍张幺爷的肩膀，叹了口气说道：“我们还是赶紧进去看看吧。你们村子里很可能是出大事了。”

听日渥布吉这么说，张幺爷和张子恒都着起急来。张子恒首先朝村子里飞跑，张幺爷也紧跟了上去……

院子里每家每户都关门闭户，死一般的寂静，听不见一丝睡梦中的咳嗽声和打鼾声，就像是被施了魔咒一般，没有一丝活的气息。

巷子里，张幺爷挨着拍了几家的门，没有回应。他又转到后门去看个究竟，后门都上了锁。

“都好像出去了？”张子恒说。

“他们还在憬悟寺里躲着没有回来？”张幺爷也纳闷地说道。

石营长和日渥布吉跟在他们后面，没有出声。

“走，赶紧到憬悟寺看看。”张幺爷着急起来。

突然，一直安安静静没有出声的佘诗韵颤抖着小声说道：“林子里有人！”

佘诗韵的声音顿时令所有的人警觉起来，与此同时竹林里一种奇怪的声音隐隐约约地传来。而黑子这时却躲在张幺爷的身后，弓腰缩身显得很害怕。黑子紧紧盯着传出奇怪声音的方向，浑身哆嗦着，战战兢兢。

石营长在干硬的空气中嗅了嗅，小声说：“怎么有股血腥味儿？”

张幺爷和张子恒的心里顿时打了个狂闪。

张幺爷的喉咙发涩，说：“你为什么这么说呢？你为什么这么说呢？”腿肚子却已经开始发软，就要站立不住，一旁的张子恒一把扶住了他。

石营长没有理会几乎要失去支撑点的张幺爷，和崔警卫出于职业军人的敏锐反应，已经朝着传出奇怪声音的竹林摸索了过去。

张幺爷用绝望的眼神望着张子恒，抑制不住地要哭出声来，说：“子恒，幺婆婆他们是不是都没有躲过这一煞啊？”

张子恒没有回答张幺爷，只有两行眼泪顺着脸颊流淌。

漆黑的竹林深处，那种奇怪的声音变得愈加清晰起来，佘诗韵的眼神既惊恐又紧张地死死盯着传出声音的方向。

石营长和崔警卫的身影已经隐没在了浓厚的黑暗中，他们似乎被黑暗吞噬了。

周围一片死寂般的安静，但却残忍地撕扯着人的心灵。

日渥布吉这时朝张子恒小声说：“先扶你幺爷到阶沿边坐一下，他快要扛不住了。”

张子恒要扶张幺爷朝一处低矮的房檐下走。张幺爷却说：“子恒，你别管你幺爷了。你跟着他们，去看看林子里究竟是咋一回事。”

张子恒不知道该听日渥布吉的还是听张幺爷的，一副为难的样子。现在的他已经完全失去了主张，就像一个机械的提线木偶。

佘诗韵过来从另一侧搀扶住张幺爷，朝张子恒说：“我来照顾干爹吧。”

日渥布吉带着张子恒也走进了传出奇怪声音的竹林深处。

这片竹林对张子恒来讲是再熟悉不过了，尽管竹林里此时漆黑一片，但是他对竹林里每一垄竹子的布局都了如指掌，所以他走在了日渥布吉的前面，直直地朝着传出奇怪声音的地方走去。

声音越来越清晰，像是某种怪物的舌头在干硬的空气里舔舐着什么。

张子恒和日渥布吉都不敢大意，两人变得蹑手蹑脚起来。

在一垄竹子下，石营长和崔警卫静静地潜伏，听见张子恒和日渥布吉接近的细微声响，石营长压着声音朝两人说道：“蹲下。”

张子恒和日渥布吉蹲了下来。

发出奇怪声音的地方距离他们大概也就只有七八米远的距离。石营长尽管把声音压得低得不能再低，但是，还是惊动了发出奇怪声音的家伙。

奇怪的声音瞬间停止了。黑漆漆的竹林里顿时陷入了一种令人恐怖的寂静。与此同时，张子恒和石营长他们看见有几束绿莹莹的光在黑暗中鬼祟地闪烁游移。

“是狼吗？”崔警卫小声问。

张子恒对这种绿莹莹的光很熟悉，他呼了一口气，神经顿时放松了下来，说：“不是狼，是几条野狗。虚惊一场！”说着顺手抹了一把额头渗出的冷汗，感觉脊背也汗津津、凉飕飕的了。

石营长的神经也放松下来，问：“你确定是几条野狗？”

“真的是野狗，以前走夜路从坟坝路过，经常遇见这些杂种，但都不去招惹它们。只要不去招惹它们，它们也就不会来招惹我们。”

张子恒和石营长说话的声音不是很大，让野狗放松了警惕。这些一直在卧牛山里转悠的家伙，和卧牛村的人始终保持着若即若离的距离，它们对人已经少了陌生感，所以又开始舔舐撕咬起了地上的东西，咀嚼的声音显得也更加放肆。

“这些家伙在吃什么东西？莫非把哪家的猪拖出来咬死了？”张子恒生出疑问。

而日渥布吉这时从地上捡了一块不大不小的石头，使劲朝那几条野狗扔了过去。石块不偏不倚地狠狠砸在一条野狗的身上，它发出“嗷”的一声惨叫，呼地一下子就跑开了。另外几条野狗也受到了惊吓，仓皇而逃。

张子恒率先撵过去，石营长和崔警卫以及日渥布吉也紧跟着撵上来。

崔警卫揿亮了一直攥在手里的手电，当手电白刺刺的强光照射在地上时，当场的人都情不自禁地倒抽了一口冷气，同时发出一声惊呼……

3 黄金被盗

出现在眼前的情形既狼藉又血腥。一颗人的头颅血肉模糊地正摆在张子恒的脚下，张子恒吓得本能地一下子跳开了。而地上，人的手臂和腿脚被撕扯得四分五裂，衣服的碎片和零碎的尸骨搅和在一起，浓烈的血腥味似乎把整个空间都塞满了。

张子恒蹲下身，“哇哇哇”地呕吐起来。

这种血腥恐怖的场面，对于经历过抗美援朝战争的石营长是见惯不惊的，但是，他和崔警卫以及日渥布吉的神情却变得严峻起来。

地上虽然只有一颗人的头颅，但是从残缺的手脚判断，这一堆血肉模糊的尸骨至少应该是两个人的。

这时，那几条被日渥布吉用石块撵走的野狗又鬼鬼祟祟地转了回来。地上支离破碎的血肉已经将它们贪婪的欲望勾引了出来，而它们并不敢贸然靠近，只是躲在一垄竹子的后面，虎视眈眈地盯着石营长他们，绿莹莹的眼睛寒光闪烁!

崔警卫从腰间拔出手枪，在石营长的示意下，他朝着野狗开出了一枪。清脆的枪声划破了寂静的黎明，一条野狗发出“嗷”的一声惨叫，应声倒地，另外的几条野狗见势不妙，呼啦一下子溃逃而去。

“什么声音？咋打起枪来了？”林子外传来张幺爷大声质问的声音。

石营长和崔警卫没有理会张幺爷，倒是张子恒用哭丧的声音大声朝张幺爷喊起来：“幺爷，死人了！死人了！死了好多人！”

“死人了？死啥子人了？”林子外面的张幺爷显然再也坐不住了。

等张幺爷被佘诗韵搀扶着走进竹林时，石营长他们仍旧站在原地默不做声。

当张幺爷看到眼前的情形时，身子哆嗦着，半天说不出一句话，可怜巴巴地望着石营长，瘪着嘴，脸上的肌肉痉挛似的抽动着，两行混浊的泪水顺着脸颊恣意地流淌……

佘诗韵也一阵阵地头晕目眩，她把脸朝向黑魅魅的竹林里，不看这血腥的场面，但仍旧没有忘记安慰张幺爷。她用手轻轻拍着张幺爷的背，轻声说：“干爹，你别看，把脸朝向一边。”

呕吐了一阵的张子恒蹲在地上，六神无主地看着张幺爷，他是彻底没有主意了。

石营长上去拍了一下张幺爷的肩膀，叹了口气，沉闷着声音说：“老人家，别太伤心了，你先看看这颗头是村子里谁的头。”

张幺爷捞起老棉袄的袖口，抹了一把眼睛，然后开始仔细地辨认眼前这个模糊的头颅。

这颗头颅已经被凝固的血渍完全包裹住了，整张脸也被野狗撕扯得惨不忍睹。张幺爷强忍住翻肠倒肚的恶心，端详了一阵子，说：“都被糟践成这个样子了，认不出来了。”

一直紧紧贴着张幺爷的黑子这时却好像不似刚才那么紧张害怕了，它开始在周围转悠起来，鼻子在尸块上嗅来嗅去。嗅了一圈，黑子又紧跑了几步，朝着黑漆漆的林子里吠叫了几声。

石营长和崔警卫互看了一眼，心领神会地朝黑子吠叫的方向走去。手电的光柱跟着崔警卫移到了别处，张子恒紧张地急忙起身，和张幺爷、日渥布吉站在一起。

石营长和崔警卫看见一条斑斑血迹朝着竹林的另一边延伸，于是回身朝张幺爷和日渥布吉他们喊道："都别站着，跟上来，那边还有情况。"

听石营长这么喊，张幺爷和张子恒的腿肚子都同时一哆嗦，脑子里就像响了一声闷雷似的。

"还有情况？还有啥子情况？莫非村子里的人都遭殃了？"张幺爷的喉咙沙哑得就像呛了烟灰一般。他快喘不过气了。

这时四周的一切变得诡异起来。

崔警卫打着手电寻着血迹带路，黑子也一路嗅着地面走在最前。穿过竹林，一条黑糊糊的巷子出现在面前。而巷子深处，又有几点贪婪的绿光鬼火一般地一闪而灭。

是野狗的眼睛!

这些像幽灵一样的家伙似乎全部进驻到了村子里。

在巷子口，又发现了一只血淋淋的手臂。

"莫非是你四婶家出事了？"张幺爷朝张子恒战战兢兢地说。

石营长和崔警卫同时嗅出了空气中弥漫着的火药味。这种味道也只有这两位职业军人才能够准确地察觉出来。

石营长从腰间拔出了手枪，崔警卫按灭了手电。两个人变得高度紧张起来。

巷子里黑糊糊的什么也看不清，融化的雪水和着长年未干的泥泞，使整条巷子变得阴森潮湿，一股股冷气在巷子里无声无息地流动着。

石营长和崔警卫尽量不让脚下的泥泞弄出声响，慢慢地深入巷子里。

张幺爷也要跟着进去，却被日渥布吉拉住了。

四婶家的门是半掩着的，里面静悄悄的没有一丝声息。石营长紧握着手枪，贴着门边站住，朝崔警卫使眼色。崔警卫心领神会，突然抬起脚朝着半掩着的房门踹去，然后朝着一旁急闪。门发出"咣当"一声爆响，一下子敞开了。随着爆响声，两三条黑影嗖嗖地从里面射了出来，石营长还没来得及反应，黑影已经顺着巷子射了出去。

仍旧是几条野狗。

石营长和崔警卫已经以闪电般的速度冲进了房门。

慌不择路的野狗冲出巷子，差点儿就撞在守在巷子口的张幺爷他们身上，然后就像几股诡异的妖风似的，在巷子的转角处消失了。

张幺爷喘了口气，说道："咋尽是野狗的影子？"

张子恒却说："这些野狗都成精了一样。"

"走，到四婶家里看看究竟出了啥情况。"说着张幺爷就要朝巷子里走。

日渥布吉和张子恒以及佘诗韵都有这个念头，于是四个人踩着巷子里满地的泥泞朝被崔警卫踢开的那扇门走过去。

屋子里冷清清黑漆漆，什么也看不清楚。

"进去的两个人呢？"朝着屋子里张望的张幺爷有些担心地问。

话音刚落，里面有人突然划亮了一根火柴——石营长点燃了屋子里的一盏煤油灯。屋子里顿时就亮了起来。

张幺爷他们暗喘了一口气，悬着的心落了下来，一起走进屋子。

这时，崔警卫从一道侧门里走了进来，朝石营长说："营长，你到后边的那个天井里去看看吧，还躺着几个人，都是被枪打死的。"

石营长哦了一声，立刻跟着崔警卫朝那道侧门里走。

张幺爷的身子又打摆子似的哆嗦了起来，声音打着颤地说道："还死了几个人？死的是谁啊？"透露出的眼神几近绝望。

佘诗韵怕张幺爷支撑不住摔倒在地上，竭力搀扶着他，并安慰道："干爹，不着急。你先坐下。"说着要把他朝一张竹椅上扶。张幺爷却犟着要跟到后边的天井里去看个究竟。

小天井里，果然横七竖八地躺着几个人，崔警卫的手电照在一个人的脸上时，张子恒惊呼道："怎么是那几个民兵？"

张幺爷也看清楚了被打死的那个人的模样，一直揪得死死的心瞬间松开来，长喘了一口气，说道：“谢天谢地，死的不是咱张家的人。”

石营长冷冷地盯了张幺爷一眼。张幺爷突然意识到自己说这话有点儿不仁不义了，于是又说：“谁这么心狠手辣？都是命啊！咋能说打死就打死了，还有没有王法啊？”

石营长已经不再理会张幺爷，而是让崔警卫用手电挨个地朝躺在地上的几个尸首照去。死去的几个人的确是吴章奎带来的几个民兵。也许野狗尚且来不及对这几具尸体撕咬便被惊跑了，所以这几具尸体倒是显得完好无损。

张幺爷这时又喃喃地说：“咋就没有那个杂种的尸首呢？”

张幺爷说的那个“杂种”当然指的是吴章奎了。此时在张幺爷的潜意识里，最希望看见的就是吴章奎横尸在他的面前。这令张幺爷多多少少感到了些许遗憾。

柴房的门敞开着。

张幺爷突然说道：“糟了！多半洞里的那堆黄金遭殃了！”

张幺爷的话令石营长他们都是一惊。

“你是说黄金就在这间屋子里？”石营长问。

“就是在这间屋子的一个洞里。”张幺爷说。

石营长和崔警卫对望了一眼，立刻朝柴房走去。

在手电光的照射下，柴房里狼藉一片，墙根处的一个地洞显露了出来，阴森森的就像是一个垂死的人张开了饥饿的大嘴。

站在门口的张幺爷喃喃说道：“这些杂种是咋晓得这个洞的？我没有跟第二个人提起这个事情啊。”

石营长这时不无遗憾地说：“看来是被他们抢先了一步。”

“要不进去看看？”崔警卫建议道。

石营长点头，然后两个人爬进了洞里。

不一会儿，石营长和崔警卫又从洞里爬了出来，石营长的手里攥着两根黄灿灿的金条。

张幺爷眼睛发亮地说：“金条还在？”

“不在了。搬这些金条的人看起来走得比较仓促，这是他们掉在地上的。”石营长说。

张幺爷立刻又垂头丧气了。

一直没有做声的日渥布吉这时说：“我看这伙人应该刚走不久。我们也许还来得及撵上他们。”

石营长却说：“如果真是那伙人抢先下的手，就凭我们这几个人，就是撵上也没用。这伙人早就是杀人如麻、嗜血成性的畜牲了，他们不会心慈手软的。我们撵上他们基本等于是送死。”

张幺爷听石营长说这么英雄气短的话，有些不高兴了，说：“长官，你手里是有家伙的，咋说这么没有骨气的话？难道那堆黄金就白白地送给他们了？我可是看得真真切切的，好大的一堆，够咱张家子子孙孙吃上八辈子了。”

石营长瞟了张幺爷一眼，说：“我知道那堆黄金的分量。但是你们农村不是有死者为大的风俗礼仪吗？先把这几个死人安顿了再说吧。”说着走出了柴房。

张幺爷却狠狠地说：“什么死者为大？那要看死的是谁！像这几个收账的，死了也活该！喂野狗是被人咒准了！”

听张幺爷这么说，张子恒却不乐意起来，说：“幺爷，你咋一下子就这么黑了？人家跟你无冤无仇的，你还说这么昧良心的话。”

张幺爷却一根筋地说道：“你狗日的还是个叛徒了。他几个杂种吊老子的‘鸭儿凫水’你又不是没有看见，还差点儿把老子的肋巴骨打断。收拾起人来，没有一个心慈手软的，整老子就跟整阶级敌人一样。你现在还念起他们的好了。菩萨心肠那也得分人！”

“懒得跟你说。”张子恒嘀咕了一句，也走出了屋子。

4 迷雾重重

天似乎就要亮起来了，黎明最黑暗的时分在血腥紧张的气氛中悄无声息地滑过，青灰色的天空里露出一丝亮色。这一方小天井里虽然仍旧暗淡阴沉，但却可以在模糊间看见每张人脸。

地上横七竖八地躺着几具尸首，就像是睡着了一般。野风下了房檐，在天井里兜一圈，把几具尸首的衣摆翻动了一下，又绕上房檐，阴森森地走了，似乎这几个死去的人的灵魂仍旧在小小的天井里纠结着迟迟不肯离去一般。

张幺爷被佘诗韵搀扶着出来，看见石营长和张子恒他们看着地上的尸首发愣，就说："你们还愣着干啥呢？还是看咋安置这几个死人吧。"

石营长将双手叉在腰杆上，他显得束手无策，挠挠头皮，望着日渥布吉说："你看该咋整？"

日渥布吉却说："我看现在还不是处埋这个事情的时候。我们现在忽略了一个最大的问题。"

"什么问题？"

“村子里的人呢？整个村子怎么会一个人都没有？”

日渥布吉的话令石营长恍然大悟，说：“对啊！我咋就把这给忽略了？”

张子恒却说：“这个倒不用你们担心。我和幺爷两个人早就把村子里的人转移了，他们现在就躲在卧牛山上的憬悟寺里。没事的。”

石营长奇怪了，说：“为什么要转移呢？难道你们提前知道这些野狗要进村子，也知道有一伙人要来抢你们发现的这一堆黄金？”

张子恒抽着笑了一下，说：“我们可没你说的那么未卜先知。我们转移村子里的人是因为卧牛村撞煞了。”

“撞煞了？撞啥子煞了？”

“狗日的张子坤把一个怪物伤了。我们怕那怪物的同伙来报仇，就把村子里的人转移了。”

“怪物？什么怪物？”

“野人！真正的野人！牛高马大，浑身长毛，眼睛是凸出来的，吓死人了！”张幺爷这时接口说道。

张幺爷的话立刻引起了日渥布吉的注意，随声问道：“野人？眼睛凸出来的？”

“是啊！眼睛真是凸出来的，就像要从眼眶里掉出来一样，精光闪闪的，要吃人一样！”张子恒说。

日渥布吉突然变得有点激动起来，他朝石营长说道：“石营长，看起来传说中的戈基人是真的。他们难道就在我们附近，并没有走远？”

“戈基人？什么戈基人？”石营长不解地问。

日渥布吉说道：“这话说起来兴许有点长了。这么说吧，戈基人或许就是传说中真正的蜀人。在遥远的古代，我们羌人的祖先从西北向西南游牧迁移。当其中的一支游移到岷江上游丰美的高地时，与当地的土著人——戈基人相遇了。这些戈基人高鼻深目，身强力壮，能征善战。我们羌人的祖先为了在此定居，与戈基人进行了激烈的战斗。然而，几次战斗下来，都是羌人以失败告终。羌人的祖先当时已经到了准备弃地而逃的地步。但最终，我们羌人的祖先受到了幸运之神的眷顾。幸运之神在羌人祖先的梦中给予了启示，让羌人的祖先在颈上粘上羊毛作为标记，以坚硬锋利的白石作为武器，再与戈基人在沙场决斗。于是，我们羌人的祖先在神的启示下取得了胜利。从此，我们羌人得以在岷江的上游安居乐业，发展生产，繁衍子孙。为了报答神的恩典，我们羌人世世代代都以白石象征最高的天神，供奉白石于庙宇、山坡，以及每家每户的屋顶白塔之中，朝夕膜拜，无比虔诚。这种习俗一直延续到今天。”

听了日渥布吉说的这段传奇，石营长喃喃地说道：“看起来这个事情越整越复杂了。那么，你所说的那些战败的戈基人呢？在那场战斗中被你们羌人赶尽杀绝，连一个人都没有留下？事情不会做得那么绝吧？总该有一两个活口吧？”

“所以这就是千百年来的一个未解之谜。戈基人并没有被羌人赶尽杀绝，战败后的戈基人就像谜一样地消失在了岷江上游。他们究竟迁徙到何处，没有人知道。”

“那么，你是说刚才张幺爷提到的野人就是戈基人。”

“这个还不好说。我只是突然感觉到和戈基人有某种相似之处。”

“感觉？你这不是信口开河吗？”石营长不屑地笑了一声。

日渥布吉却说：“你来这儿，你的上级首长真的没有给你布置具体的任务？”

石营长说：“没有啊！就让我照顾和看管好那几个老学究。然后就是前几天你过来，让我尽量协助你。我现在还纳闷呢！你究竟是搞啥子名堂的，咋还让我和崔警卫协助起你来了？”

日渥布吉笑了笑，说：“既然你的上级都没有明确告诉你，我也是不会跟你说更多的事情的，有你明白的一天。反正，越到后面，事情可能会越离奇。”

“咋样子离奇？”

“我也说不准。大概会离奇到让你我都无法相信和接受的地步。”

日渥布吉的话把石营长整得眼珠子都瞪大了。他现在也像张幺爷一样，有点儿身处在迷魂阵中的感觉了。

张幺爷这时对石营长说：“大干部同志，你看我们是不是现在就上憬悟寺去看看，我还真是担心村子里的人会在憬悟寺出了啥子事情。都几天几夜的还没有回村子，事情真的不该这么蹊跷的。”

张子恒也用渴望的眼神看着石营长。

石营长挠挠头皮，说：“这事情咋就乱成一锅粥了。这几个人的尸首总还得收殓一下吧，不然野狗来了又撕扯得四分五裂的，既是对死者不敬，也太不人道了。”

张幺爷却说：“事情都到这份上了，还是先顾活人要紧。我是真的担心村子里的老老少少在憬悟寺会出啥子事情。”

石营长想了又想，说：“那这样子看行不行，先把这几个人的尸首抬进那间柴房锁起来再说。等去了憬悟寺回来再想办法妥善处理。”

张幺爷一听，连声说：“要得，要得。”

张子恒和崔警卫以及日渥布吉等几个人七手八脚地把地上的几具尸体抬进了柴房。佘诗韵扶着张幺爷站在一旁默不做声地看着。

突然，张幺爷倒抽了一口冷气，看着不远处的地方差点惊呼出声。原来一条青黑色的巨蟒正翻过门槛，朝着天井内游移而来。

佘诗韵却小声朝张幺爷说：“干爹，别大惊小怪的，是小龙。你见过它的。”

张幺爷回过神，仍旧脊背发凉额头冒汗地说：“我见是见过这家伙，可这冷冰冰的东西，看着还是心头发虚。”

石营长和崔警卫在恍惚间看见如此硕大的巨蟒，也顿时一惊。崔警卫甚至本能地又从腰间拔出了手枪，幸好日渥布吉立刻制止了他，并朝他和石营长解释说巨蟒是佘诗韵养的宠物。石营长和崔警卫方才定住神，石营长还是不忘回了一句：“什么不好养，倒养起这么一条邪性吓人的东西。”

日渥布吉笑笑，说：“你可别说这东西邪性，到时候它可是会派上大用场的。世间万物，相生相克，一物降一物。这就是天道。”

石营长却说：“我管它什么天道地道的。反正这东西要是真的伤人，我就只有把它处决了。”

日渥布吉又笑道：“你放心，它伤不了人。它和诗韵的心性是相通的，除非……除非诗韵想要它伤人了，保不齐这家伙就得伤人了。”

听了日渥布吉的话，张幺爷有几分诧异地看着身旁的佘诗韵说：“干闺女，你真有这本事？”

佘诗韵莞尔笑道：“小龙是懂我心思的。”

张幺爷不甘心地说：“它咋能懂你的心思？它能听得懂你说的话还是能看得懂你朝它做的手势？”

佘诗韵却说：“我和小龙交流是不用说话和打手势的。”

“那你咋懂它的意思，它又咋懂你的意思？”

佘诗韵却说：“干爹，最高级的交流是不用语言和手势的，是心。”

“心？”

“干爹，你是不会懂的。只有把自己浸泡在孤独的世界里，你才能够感受到心的神奇力量。”

“孤独的世界里？”

张幺爷越来越糊涂。

佘诗韵却说：“干爹，你就别刨根究底了，我也跟你说不清楚的。就是刚才那个静园老师父也是跟你说不清这种事情的。怎么说呢？其实，我们说的话是很难准确表达出我们心里所想要表达的东西……”

日渥布吉却在一旁呵呵地笑起来：“诗韵，你倒是真的要把你的干爹说糊涂了。他是领会不了你话里的意思的，你别越扯越远咯。”

日渥布吉的话音刚落，却不知从哪个角落传来一声底气极其充沛的声音：“我绕着院子走了一大圈，总算是在这儿碰到能说话的活人了，呵呵……”

这陌生的声音有种石破天惊般的突兀感，令当场的人吃了一惊。

张幺爷和石营长两人几乎同时朝传出声音的方位沉声问道：

“是哪个？”

“谁？”

话音还没有落定，却见从小龙刚刚翻越过的那道门槛一前一后走进来一个老头和一个妇女。

虽然此时的天还没有大亮，但是崔警卫的眼睛却是雪亮的，他失声惊呼起来：“老人家，真的是你们来了吗？”

走进来的正是隐露和香玉。

崔警卫的表现把当场的人弄得愈加糊涂了。他们不明白崔警卫怎么会认识这两个突然出现的不速之客。

隐露却朝崔警卫呵呵笑道：“小老弟好眼力，呵呵……一面之缘居然还认得我们。”

崔警卫这时却是满眼的惊愕，他一时间云里雾里的，以为自己是在做梦。

石营长也感觉到崔警卫的表情有异，问道：“小崔，是怎么一回事？”

崔警卫翻然醒悟似的说：“没……没怎么回事。我感觉就像是做了一个没有做完的梦一样！”

“做了一个没有做完的梦？”石营长更是一头雾水了。

崔警卫接着说：“是那个静园老师父带我去的一个地方，深山峡谷的，他们是住在那儿的世外高人！”

“深山峡谷？世外高人？还是静园老和尚带你去的？小崔，你脑子没烧糊涂吧？你哪儿也没有去啊？”石营长是彻底被崔警卫的话给弄晕了。

日渥布吉这时终于明白过来了是怎么一回事，呵呵地笑道：“我晓得是怎么一回事了，呵呵……石营长，你就别问了。这事一时半会儿是跟你说不大清楚的。我知道静园老和尚带着小崔到过哪个地方去了。”

“你们究竟是在搞啥子名堂？”石营长有些着急起来。

“没搞什么名堂。民间秘术，属于封建迷信那路子的。”日渥布吉说。

“这又和封建迷信扯上啥关系了？”石营长越发显得失去了耐性。

日渥布吉神秘兮兮地笑着说：“这事吧，说出来就是封建迷信，没有说出来就当什么事情都没有发生一样。就这么简单。”

石营长见从日渥布吉的嘴里也问不出多余的话，愤愤地说道：“我懒得跟你们瞎扯。正事还忙不过来，没闲工夫跟你们扯这些闲事。小崔，一会儿有空你再跟我单独详细地汇报。”

“是，营长。”崔警卫应道，但又一脸疑惑地看了看日渥布吉。崔警卫此时心里是真的没底了，他也不知道该把自己那段神奇的遭遇怎么讲给石营长听，而且要让石营长相信他说的这些不是天方夜谭。

隐露和香玉此时对天井里的这些人倒是没有丝毫的陌生感。隐露首先注意到的就是已经在柴房的木板门前盘踞成了一座青幽小山似的小龙。他用手朝着小龙做了一个奇怪的手势，形状像极了一颗婉转游动的蛇头。

奇怪的是，隐露朝着小龙做出这个手势的时候，小龙就像懂事的孩子一般，居然把埋在身子里的蛇头高高地扬了起来，朝着隐露“哧哧”地吐了几下芯子。一双蛇眼里露出黄橙橙的光芒，看着很是邪恶。

石营长和张幺爷他们顿时有种心惊肉跳的感觉，头皮就像被覆盖了一层浓厚的霜冻似的，一阵阵地发凉发麻。

而隐露呵呵地笑着赞道：“果然是通灵性的东西。训得好啊！”说着收回了手势，小龙也温顺地把扬起的蛇头收了起来，埋进了盘踞着的身子里。

这时隐露才说：“咋不见我的师弟？我可是专门来会他的。”

“师弟，谁是他的师弟？”石营长又是一头雾水地看着崔警卫问道。

崔警卫连忙朝石营长说道：“就是那个圆寂的老和尚师父。”

“圆寂？我师弟他圆寂了？”隐露大惊小怪起来。

突然间张幺爷变得充满底气地朝隐露说道："老哥哥你可先别着急。这个崔小伙子是顺口打哇哇来着，只有我晓得静园老和尚他是没有死的。哦，不，是只有我才晓得静园老和尚是没有圆寂的。他这阵子是睡着了，就像一个人睡觉的时候把大门给关上了，得有一个人去叫醒他。只要叫醒他了，就没事了。这个事情也只有我的干闺女白晓杨才做得到，所以我们刚才正寻思着去把我的干闺女救回来，然后去叫醒静园老和尚呢。"

听了张幺爷的话，隐露立刻对这个穿得土里土气的老爷子露出尊敬的笑容了，说道："没想到你懂的东西还不少呢！"

张幺爷有几分不好意思地讪笑道："我一个乡坝头的老家伙，能懂个啥？还不是我的干闺女告诉我的这些。我那干闺女，道行那可是真的深着呢！"一提起白晓杨，张幺爷的脸上总是要浮现出一丝美滋滋的表情。

"你干闺女？在哪儿？听你这么一说，我还真得见见她了。"隐露也对张幺爷说的这个干闺女感起兴趣来。

张幺爷的神情却又黯淡下来，说："唉！可是这世道都是好人遭殃啊！我那干闺女被一群坏人押走了，现在不知道带到哪个地方去了。"

隐露看看张幺爷，又看了看站在当场的这几个神态各异的人，说道："看起来事情还真越整越复杂了。"

张幺爷接着说道："是整得很复杂。我到现在还就跟做梦似的。"

隐露背着手，在原地转了两圈，做出一副若有所思的样子，又突然抬起头，说："你们看这样子行不行，你们谁先领我去看一下我的师弟。"

"你去看也不顶用的。静园老和尚这个时候就像僵尸一样，人事不省，睡得比死人都死。我们还是赶紧想办法看咋样快点找到我的干闺女，越快救活静园老和尚的希望也就越大。错过了时辰，恐怕到时候就是我的干闺女来，也是无力回天了。"

隐露却呵呵一笑道："既然我来了，恐怕就不用再等你的干闺女出面了吧？"

张幺爷却听不出隐露话里的意思，一本正经地说道："你是不相信我干闺女的手段咋的？我可是亲眼看见我的干闺女妙手回春，把庹师救活过来的。当时庹师已经是在饮牛池里被淹断了气的，是我干闺女用几根银针让庹师起死回生的。你没有亲眼看见过我干闺女救庹师，你是当然不会相信我说的话的。”

隐露知道张幺爷显然一根筋地误会了他的意思，笑呵呵地说道：“呵呵……老乡，你是误会我的意思了。我可没有说半句不相信你干闺女的本事的。我是说你干闺女有的手段，我未必就没有。你懂我的意思了吧？”

张幺爷这时脑子才似乎转过弯来，道：“你是说，你也可以起死回生？”

隐露却说：“起死回生我倒是不敢说，所以和你干闺女比起来，我的手段兴许还要差上那么一大截。可是我是知道我师弟的病症的。师出同门，总有灵犀相通的地方。我师弟兴许早就知道他有这么一劫，所以在他出事之前就已经未卜先知地通知我了，所以我不是赶巧来这儿的。我是来赴约的，这个事情，这个小崔应该清楚。”

现在的崔警卫是既清楚又不清楚。脸上仍旧是一脸的迷惑，但还是朝着张幺爷点了下头，表示他对隐露的话是认同的。

石营长却和一旁的日渥布吉耳语道：“你感觉这人说的话每句都靠谱吗？”

日渥布吉微笑着点头。

石营长虽然对此时此地发生的一切有种云遮雾罩的感觉，但是他还是朝崔警卫说道：“那这样，小崔，你立刻开上吉普带上这位老前辈去姜家湾。我们来料理这边的事情。”

崔警卫说了声“是”，然后带着隐露和香玉快步走出了天井。

按石营长的安排，原本是要把张幺爷和佘诗韵留在原地守在天井里的，因为有巨蟒小龙的存在，所以石营长倒并不担心张幺爷和佘诗韵两人会出什么问题。而且，他也相信，巨蟒小龙是完全受佘诗韵操纵的。在他现在的意识里，他也只能用操纵来对应佘诗韵和小龙之间的关系了。石营长虽然不相信玄乎的东西，但是马戏团里的马戏表演他还是知道的，那些野性十足的狮子、老虎，也是受驯兽师的摆布和操纵的。

然而，张幺爷因为急于想见着村子里的人，死活犟着要跟石营长他们一道上憬悟寺去。乡下老头子的犟劲一上来，就是八匹骡子也拉不回来的。石营长犟不过他，只好依了他，可是又不放心孤身一人的佘诗韵，一时间很是为难。这个节骨眼上，张子恒终于自告奋勇地举手说道："既然我们幺爷要走，就只有我留下来了。"张子恒自告奋勇说这话的时候声音依旧是怯怯的，没有一点男子汉的豪迈气势，甚至眼神也有点游移躲闪，根本就不敢朝站在一旁的佘诗韵那边看。

张幺爷却说："你早就该表这个态了。害得老子还跟石营长两个顶起牛来。"

张子恒极不服气地道："谁叫你是幺爷？横木头！"

张幺爷也没好气地回应道："晓得老子是你幺爷就好！"然后就迫不及待地催促着石营长和日渥布吉上路。而张子恒已经将双手相互抄进了棉袄的袖筒里，找了个阴暗的角落蹲下了，就像一下子在昏黑不清的天井里消失了一般。

5. 回家的路

张幺爷带着石营长和日渥布吉走了，天井里顿时变得阴风阵阵，异常安静起来。空气依旧干硬阴冷，偶尔从檐口出溜下来的一股股冷风，像锋利的刀子一般在脸颊上割过。

暗处的张子恒冷得不住地吸着鼻涕，本来想站起来跺跺脚的，又怕弄出了动静引起佘诗韵的不满，更怕把那盘踞在柴房门口的小龙给惊醒了，所以张子恒只有蹲在原地不停地吸着鼻涕，浑身打摆子似的哆嗦着。双脚，早已经冻得麻木了。

佘诗韵抓了一把稻草垫在一块方形的石墩上坐下，然后她眼睛一眨不眨看着蹲在暗处的张子恒。张子恒早就感觉到佘诗韵一直在盯着他，不由得把头低低地垂下来，头就像被压了两块千斤巨石般沉重。

他一直为自己说的话泛着心虚来着，心里对张幺爷又无端地生出几分怨恨。要是张幺爷当时不老糊涂似的跟他提什么终身大事，他也不至于说出当时那种冒失的话，而且，这些冒失的话还被佘诗韵听得一清二楚的，这让张子恒心里臊得不行。此时，他完全感觉得出佘诗韵看他的眼神里多少包含了怨恨的成分，所以，张子恒的脖子被佘诗韵的眼神压制得彻底弯曲了，连抬起来一下的勇气也没有了。

脖子弯得久了，也就酸了，头颅也就显得越发沉重了。张子恒索性把沉重的头颅放在屈起的膝盖上，用下颌骨枕着。这样似乎好受了些，但寒冷却成了无孔不入的妖孽，令他就像是蹲在冰窖里一般。

“你想跺脚就起来跺一跺吧，别冻成木头人了。”佘诗韵这时朝张子恒说。

张子恒做梦都没有想到佘诗韵对他说话的声音会这么亲切柔和，他终于把那颗沉重的头颅从膝盖上抬起来，看了佘诗韵一眼。

光线依旧朦胧，他不能看清佘诗韵脸上的真实表情，倒是看见一个女人的身影在朦胧的晨光中露出柔和的曲线。那是一段生动的女性的阴柔的剪影。

“男人家家的，别那么胆怯懦弱。说了的话又收不回去了，敢说就敢当，敢说也就不要后悔。你别把我看得太小家子气了，你也别让我把你看小了。”佘诗韵又在朦胧的光影里说。

佘诗韵的话还真是在张子恒的心里激起一股子怒气了，心里暗自发狠地说道：“妈的！老子又没有做啥子亏心事，何必要被她压制得抬不起头呢？不就是说了几句心里想说的老实话吗？又没有犯死罪。人人都有发言权，老子也有发言权！”

想到这儿，张子恒还真立马站了起来，使劲在地上跺了几脚。因为蹲得久了，腿脚不仅僵硬了，而且还麻木了。双脚跺在地上，脚底板下就像是安了弹簧一般，绵绵的、软软的，一股股麻木的酸胀感从腿肚子间蹿腾起来，让张子恒有种要脱离地面飞上房檐的感觉。这种怪异的感觉折磨得张子恒龇牙咧嘴的，好不难受，几乎就要坚持不住重新蹲下去。

佘诗韵这时却用一种很欣赏很受用的样子歪着脑袋看着一副狼狈相的张子恒，脸上露出美滋滋的笑意。

张子恒也感觉出佘诗韵在用一种恶作剧般的眼神看他，一咬牙，强忍住脚下的酸麻感，使劲又在地上跺了两脚。又是一股股更加强烈的酸胀麻木的感觉从脚底下蹿腾起来。张子恒忍不住“哎哟”地叫出声来。

佘诗韵竟咯咯地笑起来。

张子恒无奈，只好一瘸一拐地来到不远处的门槛坐下，用手梳络起了腿上的筋络。

这时，佘诗韵却用清脆动听的嗓音低低地哼起了歌:

云儿飘在海空，
鱼儿藏在水中。
早晨太阳里晒渔网，
迎面吹过来大海风。
潮水升，
浪花涌，
渔船儿漂漂各西东。
轻撒网，
紧拉绳，
烟雾里辛苦等鱼踪。
鱼儿难捕船租重，
捕鱼人儿世世穷。
爷爷留下的破渔网，
小心再靠它过一冬。
东方现出微明，
星儿藏入天空。
早晨渔船儿返回程，
迎面吹过来送潮风。
天已明，
力已尽，

眼望着渔村路万重。

腰已酸，

手也肿，

捕得了鱼儿腹内空。

鱼儿捕得不满筐，

又是东方太阳红。

爷爷留下的破渔网，

小心还靠它过一冬。

佘诗韵的歌声清澈婉转，从喉咙间传递出来，竟是有种如泣如诉的幽怨。隔着一方天井的张子恒听得有点痴迷了。等到佘诗韵唱完，他的思绪似乎仍旧飘忽在那种舒缓哀怨的旋律里，眼睛空无一物似的盯着佘诗韵，目不转睛。

这倒是令佘诗韵有点不好意思了，朝发愣的张子恒说道："听傻了吗？"

张子恒猛地醒悟过来，一脸尴尬，支支吾吾地想要为自己的失态搪塞解释，但终究是笨嘴拙舌，连一句连贯的话也没有说出来，只好红着脸，脑袋又直勾勾地垂下去了。

而不经意间，天空已经亮了起来，却是一个难得的好天气，一道隆冬时节的霞光破天荒地越过低矮的屋脊，直直地射到屋檐下的阶沿上。温暖的阳光正好投射在佘诗韵白皙的脸颊上，令她的容颜在一瞬间焕发出了勃勃的生机！

佘诗韵眯着眼睛，深情地在霞光中做着最深沉的呼吸，似乎想用一种近乎贪婪的姿态，让肺叶竭力地舒展开来，从而嗅出霞光中清新的味道。

佘诗韵停止鼻翼轻轻地翕动，长长的睫毛间有晶莹的泪光在隐约地闪烁。她离开太久的尘世啊，现在她又回来了！她似乎又触摸到了这个世界的边缘，她似乎又在和这个世界接近，尽管这个世界曾经给她带来了巨大的伤害!

张子恒无意中抬起头，正看见沐浴在霞光中的佘诗韵微闭着眼睛在贪婪地做深呼吸，顿时直勾勾地看呆了。

这样的画面他兴许是平生第一回看见。佘诗韵的脖颈直直地伸出去，侧脸柔和起伏的线条清晰明快。满头的黑发如水银泻地般地从肩膀上披散下来，被金色的霞光镀上了一层亦真亦幻神秘莫测的金色光芒，使她整个人就像是散发着慈祥和悦之光的仙子一般。

张子恒的心怦怦地剧烈跳动起来，心里惊呼道："这不是仙女下凡是什么？我的个天王老子！咋一直就没有觉得她这么年轻漂亮过？"心里一起这个念头，张子恒就再也无法平静下来，整个胸腔开始敲锣打鼓起来……

这时，外间的木门发出"吱呀"的一声轻响，显然是有人推门进来了。张子恒以为是张幺爷回来了，下意识地喊了一声："幺爷！"却听见有几个人的脚步声传来。待得起身回过头，却看见是隐露、香玉以及崔警卫和静园老和尚前前后后地走了进来。

张子恒见静园老和尚果然从僵硬的状态变回了一个大活人，顿时喜出望外，有点不大相信这是事实似的大声喊道："静园老师父，你真的醒过来了啊？"

面色红润的隐露倒是一副笑盈盈的表情，而静园老和尚的表情却沉寂得像又深又冷的古井一般，看不出一点波澜。他没有理会张子恒。

隐露和静园老和尚走进天井，看见盘踞在柴房门口的小龙，静园老和尚朝着小龙毕恭毕敬地双手合十唱了一声"阿——弥——陀——佛——"。

佘诗韵站起来，看着静园老和尚，又看看隐露和香玉。香玉看佘诗韵的眼神热辣辣的，有种相见如故的亲切感。

"看来，卧牛村迟早会有这一劫数的。冥冥之中天注定啊！"静园老和尚喃喃说道。

隐露却轻描淡写地用鼻子在空气中嗅了嗅，说：“看来这个天井里也死了好几个人。”

静园老和尚朝张子恒说道：“把门打开吧。”

张子恒看了看盘踞在门当口的小龙，犹豫着不敢靠近。

佘诗韵迈过小龙的身子，径自“吱呀”一声把柴房的门推开了。

柴房的柴草堆里，若隐若现地掩埋着几个人的尸首，一股浓浓的阴郁之气顿时从屋子里涌出来，弥漫在这一方小小的天井里。

静园老和尚同样迈过小龙，走进屋子，然后在柴房的中央盘腿坐下，捻动手里的一串佛珠，唇齿间发出一阵绵密厚实的梵音来。

张子恒鬼祟地看了下身边的几个人，然后急着离开天井，他要去看四婶家的那道进出的门关严实没有。在张子恒的意识里，静园老和尚这是在明目张胆地大搞封建迷信。这不是顶风作案吗？要是让不明事理的人知道了，又得吃不了兜着走了。

香玉这时一直用一种奇怪的眼神盯着佘诗韵，似乎想把佘诗韵的整个脸庞看个透，然后铭记于心似的。这种眼神连佘诗韵也感到有些不大适应了，也不大习惯和香玉的眼神对视，便把目光游移向另一边。

香玉就挨着佘诗韵身边，她这时伸出手，拉起了佘诗韵的手，声音柔和温存地说：“你的手怎么那么凉，是冷吗？妹子。”

佘诗韵扭转过目光，看着香玉，莞尔笑道：“不冷的。我的手就是在夏天也是这么凉的。”

佘诗韵的手被香玉轻轻地握在手心里，她感觉香玉的手温暖细腻，手心处有一股股温润气息在丝丝缕缕地进入她的身体里，朝着她的丹田之处会聚。这种感觉是很奇怪的，就连佘诗韵的心也不由得突然暖了起来。

香玉突然微微地锁了下眉头，轻轻地“咦”了一声，将佘诗韵的手抬起，翻转过来，并将佘诗韵的手心展开，有几分惊奇地朝隐露喊道：“老家伙，你快过来看看妹子的掌纹。”

站在门外看静园老和尚的隐露正觉得无奈和无趣，听香玉这么喊，漫不经心地瞟了一眼香玉，然后近前两步，凑过来看佘诗韵的手掌。

当隐露看着佘诗韵的手掌时，眼神也有点直勾勾的了。

佘诗韵的掌纹似乎和普通人的没有啥差别，甚至上面的纹路比普通人的还要显得模糊不清。但是，心细如发的香玉却似乎在这样的掌纹里看见了某种端倪。她将佘诗韵的手掌举起来，朝着霞光照射的方向，手掌上立刻出现了几道交错复杂的血线的痕迹。血线的痕迹曲折地从手掌心的一点碎裂开去，如同触目惊心的闪电一般在手掌心里乍然释放。

这是一种石破天惊的碎裂!

香玉紧紧地盯着佘诗韵的眼睛，佘诗韵清澈的眸子这时变得如同天空一般澄明，似乎从她这双乌黑发亮的眸子里就可以将她心里装的事物看得一清二楚。

“妹子，你现在的心里很苦很孤独，是吗？”

佘诗韵将被香玉高高举起的手掌抽出来，放下，低垂下了眼眉，有几分幽怨地说道：“已经无所谓苦或者孤独了，已经习惯了。习惯了，就好了。”说这话的时候，佘诗韵的脸上浮掠过一丝落寂的神情。

香玉却说：“苦难是留给寂寞的修行者的，孤独是赐给高贵的灵魂的。妹子，你怎么会两样都有了？”

佘诗韵抬起目光，望着香玉，勉强地笑了一下，说：“我也不知道。或者，我在这个世界上本来就是多余的……再或者不止是我，还有我们。”

香玉的神情有几分凝重地看着佘诗韵，说：“我懂你的。”

佘诗韵又是对着香玉莞尔一笑，但笑容里多了几分淡淡的愁韵，清秀的眉目并不舒展。她和香玉似乎在目光的交接间，便有了心有灵犀的互动。

隐露却说：“妹子，你一定不是本地人吧？”

佘诗韵说：“我是在这儿出生的，七岁的时候去的上海。”

隐露微微点着头，说道：“我懂了，我懂了。”

而一直站在一旁的张子恒却对这几个人说的话领会不出一点含义，只是将手一直拢进袖口里，佝偻着身子，傻子般地用直勾勾的眼神看着他们。

隐露这时朝佘诗韵说道："人啊，谁都有可能生不逢时，何况是你们这种类型的人，但保不齐也会时来运转。妹子，不要灰心。我看啊，这一回，你们就要找到回家的路了。这个世界，本来是不该这个样子的，你们的处境更不该是这个样了的。唉！"

6 灰烬里的奇迹

念了有半个时辰的梵音，静园老和尚才从柴房里走出来，他缓声朝张子恒问道：“你幺爷呢？怎么不见他的影子？”

“上憬悟寺看村子里的人去了。原来是让他留在这儿陪佘女子的，可是他犟球得很，拦不住，就只好把我留下来了。”张子恒仍旧有些愤愤不平地说。

静园老和尚沉吟了一下，说：“我们还是赶紧上憬悟寺去看看吧。据我判断，憬悟寺也一定是出大事了。”

“能出啥大事？”张子恒立刻有些紧张兮兮地问。

静园老和尚没有理会张子恒，而是转头对佘诗韵说：“女施主，你还是把你带来的灵性之物唤到一个没有人看得见的地方藏起来吧。这东西是不宜在这个时候出来显山露水的。”

佘诗韵听了静园老和尚的话，轻笑了一下，然后闭上眼睛，做出一副冥思之状，不一会儿，小龙的蛇头就从盘踞着的身子里抬起来，身子也慢慢地放松了，朝着天井外游移出去……

这时，外间的巷子里传来一阵野狗怪异的吠叫声，透着杂乱慌张，一瞬间又消失得声息全无了，显然是小龙的出现将这一群饥饿贪婪的家伙给驱赶跑了。

柴房的门被死死闩上后，崔警卫自告奋勇地留下来看守柴房里的几具尸首。静园老和尚带着隐露和张子恒一行人等疾步朝憬悟寺走去。

天色已经大亮，冬日里一个难得的晴好天气，丝绸一样的阳光在田野里铺散开来，将被霜冻覆盖着的油菜、麦苗映衬出一种熠熠生辉的神韵。没有一丝雾气，四野开阔而且清爽，空气已经干硬，但在明媚清新的阳光里，大地依旧显得充满了蓄势待发的生机!

上憬悟寺的那条石阶小道上，倒是漂浮着一层淡淡的薄雾，袅绕间，却把这条平时已经很少有人行走的曲折小道烘托出一种神秘的气韵了。

憬悟寺的破败是让人心生悲凉的，四周的植被很好，树木苍翠，灌木丛生，唯独这一方寺庙，在一片坍塌里显出了一种狼藉和荒芜。

张幺爷神情木讷地坐在憬悟寺山门前的门槛上，眼神空洞迷茫。静园老和尚和张子恒一行人走到他的近前，他居然也没有一点反应。

张子恒站在他面前冲他大声喊道：“幺爷，你一个人坐在这脏兮兮的山门前做啥子？受啥刺激了？”

张幺爷空洞的眼神呆望着不远的某个地方，连眼皮也没有眨一下，整个人就像是石化了一般。

破败的憬悟寺里空无一物，连一个人影也没有，只有几只觅食的麻雀在大殿前的空坝子上起落飞舞，又在荒芜的草丛间消失不见。

“没有了，一个人都没有了。”张幺爷的喉咙里终于喃喃地发出了浑沉的声音。

的确，憬悟寺的大殿里没有一个村子里的人的身影，一切都显得那么的空寂荒芜、凌乱破败。只有黑子在大殿前的阶沿上用鼻子贴着地面慌张地嗅来嗅去，而后又抬起头，朝着站在山门前的张子恒他们发出几声低低的哀鸣声。黑子的心里似乎也充满了一种凄凉。

张子恒的心在这一瞬间也空了，浑身颤抖着，脑子里嗡嗡作响。

“子恒，你说，那么大一帮子人，他们能上哪儿去呢？总该留下一两个人啊。怎么就一个人都没有留下呢？张家的祖宗究竟在阴间里作下了多大的孽啊，才把这么大的灾祸落到这些后辈子孙的身上？”张幺爷望着张子恒，一时间老泪纵横，眼睛里充满了绝望和悲愤的神情。

张子恒不知道该怎么去安慰张幺爷，眼泪也顺着脸颊流淌下来，他禁不住开始“嘤嘤”地抽泣。

而静园老和尚和隐露以及香玉已经走进了寺院，只剩下张子恒和佘诗韵在山门口陪着张幺爷。

静园老和尚和隐露、香玉三人径自来到了大殿里。大殿里一堆燃烧过的灰烬堆在中央，显然已经熄灭了很久，没有一丝余温，只有冷冰冰的一堆灰烬，静止而且沉默，甚至就是一种疯狂燃烧过后的绝望！

隐露围着灰烬转了几圈，朝静园老和尚说道：“师弟，你感觉出了什么事吗？”

静园老和尚这时变得很沉默，平静的脸上仍旧看不出任何的表情。

这时，石营长和日渥布吉从一处残垣断壁的缺口处走进大殿。两人见静园老和尚活生生地出现在眼前，顿时感到无比诧异。隐露和香玉他们更不认识，只能感到更讶异。

静园老和尚没有理会石营长和日渥布吉的诧异，朝日渥布吉问道：“你们出去发现什么蛛丝马迹了吗？”

日渥布吉说：“什么也没有发现。一个村子几十上百号人，就像集体蒸发了一样，一点消失的痕迹都没有留下。”

“会不会躲进周围的树林子里去了？”香玉说道。

静园老和尚摇头。

这时，佘诗韵和张子恒一左一右地搀扶着张幺爷走进来。张幺爷就像抓住一根救命稻草似的一把抓住石营长的手说：“大干部，你一定要想办法把这一群老老少少给我找到啊！张家的香火不能就这么断了啊！我张韦昌给你下跪了！”说着又呜呜地哭起来，并且要给石营长跪下。

石营长连忙扶住他，说：“老爷子，你先别激动。我们一起来想办法。”

张子恒也是眼泪模糊。

突然，佘诗韵小声说道：“听，有婴儿的啼哭声！”边说边做出仔细谛听的样子。

佘诗韵的话顿时引起了所有人的注意，都一起尖起耳朵谛听周围的动静，就连张幺爷也立马止住了“呜呜”的哭泣声。

四周突然变得极其安静。但是，佘诗韵说的婴儿的啼哭声没有出现，只有黑子在大殿外传来几声呜呜的低吟声。黑子仿佛依旧在伤感。

日渥布吉朝佘诗韵说道：“诗韵，你是不是听错了？是那条狗发出的哭声。”而佘诗韵仍旧在仔细地谛听，而且越来越专注，渐渐地，她的两道娥眉紧皱了起来，似乎这样的谛听很吃力，在耗费她所有的精力。

“真的有婴儿的啼哭声，我听不真切，还有别的奇怪的声音……”佘诗韵急切而又专注地说。

佘诗韵怪异的表现把石营长和日渥布吉他们都弄得有点惊讶了，定定地看着佘诗韵。

静园老和尚这时却朝佘诗韵缓声说道：“姑娘，别着急，集中你的心力，仔细听，你一定能够听到那个声音的确切源头的。那个声音既然来了，你就应该抓得住它！”

静园老和尚的话似乎给了佘诗韵某种神秘的启示，她轻轻地闭上眼睛，继续着艰难的谛听。

大殿里安静得几乎可以听见彼此心跳的声音。所有的人都在试着谛听佘诗韵说的那种声音——那种新生婴儿哭泣的声音。然而，安静的世界里，没有任何声音。

佘诗韵越来越专注，娥眉越皱越紧，微闭着的薄薄的眼皮在不住地颤动。她的眸子在关闭的空间里急速地转动起来。

香玉一直紧盯着佘诗韵，她在心细如发地观察着佘诗韵表情的细微变化。她似乎突然明白了什么，拉了一把旁边的隐露，摊开自己的手掌让隐露看。

隐露翻然醒悟地朝香玉轻轻点了点头。两个人心领神会。

静园老和尚这时盘腿坐下，他又开始掐起手里的念珠，唇齿间飘出缕缕梵音。四周阴冷干硬的空气在静园老和尚的梵音里开始起了变化，变得如同水一般地清澈澄明起来。

隐露朝香玉使了下眼色，香玉心有灵犀地走到佘诗韵的身旁，用一只手抓住佘诗韵的手，在她的耳边轻声说："不要被别的声音扰乱你的心神，你只专注你要寻找的声音，你不用慌张，也不用急躁，你会找到它的……"

佘诗韵微闭着的颤动的眼皮在静园老和尚的梵音声和香玉的安慰声里渐渐平息下来。紧皱的娥眉也渐渐地舒展开，气息变得平稳，神情变得愈加专注。

突然，佘诗韵的眼睛悠然张开，漂亮的眸子变得极其的神采奕奕、乌黑透亮，所有的人都被佘诗韵这样的眼神弄得心里一惊。

"我找到它了，那声音就在灰烬的下面。"佘诗韵无比惊喜地说道。

佘诗韵的话把所有的人都震住了。石营长和日渥布吉面面相觑，张幺爷和张子恒更是大张着嘴巴，看着佘诗韵说不出来话。静园老和尚唇齿间的梵音声也戛然而止。只有香玉和隐露两人相视而笑。

佘诗韵接着说："我从来没有经历过这么愉悦的心路历程，有种回到故乡见到了久别重逢亲人般的那种喜悦的亲近感。"佘诗韵这时突然变得很激动。

静园老和尚从铺着青石板的冰凉的地上站起来，朝张子恒和张幺爷说道："赶紧把这堆灰烬打扫出去吧。事情的转机也许稍纵即逝，我们已经耽搁不起了。"

石营长终于大声说道："你们是不是都疯了？一堆死灰下面咋会有婴

儿啼哭？你们真的是疯了，一个个脑壳都不清醒了！”

静园老和尚长声唱道：“阿——弥——陀——佛——”

张幺爷和张子恒却站着没有动，他们也同样不会相信这堆灰烬下会有一个啼哭的婴儿。况且，除了佘诗韵以外，谁也没有听见什么婴儿的啼哭声。

这不是真正的无中生有，睁着眼睛说瞎话吗？谁当真谁不成傻子了吗？

香玉这时扶着佘诗韵的肩膀说：“妹子，我们先出去，让他们在这里面忙吧。”

佘诗韵却挣脱了香玉，一脸痴迷地说：“不，我要亲眼看见把这堆灰烬搬走。”

张幺爷顿时就揪心地痛苦起来，自言自语地小声说道：“又疯了一个！咋说疯就疯了呢？”

张子恒的眼睛一眨不眨地看着佘诗韵，他也觉得佘诗韵不该在这个时候突然神志不清的。

隐露这时笑嘻嘻地朝静园老和尚说道：“师弟，看起来只有你我两个人动手来清理这堆灰烬了。看不破，猜不透，寻不着，点不穿，人心都是这样的，呵呵……”说着就转身出了大殿找家什去了。

7 神奇的光芒

张幺爷、张子恒、石营长还真就站在一旁看着静园老和尚、隐露、日渥布吉和香玉四个人在大殿里打扫那一堆灰烬。此时在他们三个人的心目中，静园老和尚他们相信了佘诗韵的话，都好比是神志不清地疯掉了，只有他们三个人依旧保持着清醒的头脑，没有跟着一起发疯。张幺爷甚至朝张子恒小声嘀咕道："你说刚才还机机灵灵的人，咋一下子就变成这样子了？"

张子恒没有理会张幺爷。

然而，当一堆灰烬被逐渐地清理出去，香玉用一把破扫帚逐渐把地上的灰烬打扫干净的时候，张子恒突然间"咦"了一声，说道："快看，石板地上有图案！"

一组奇怪的图案果然从青石板铺就的地面上清晰地显露了出来。这是一组谁也没有见过的神奇图案！图案仿佛是被烧灼出来的，呈炭黑色，一个直径有两米的圆圈里套着一个极其规则的六边形。圆圈和六边形中间，又有两层不同的神奇图案，内层沿着六边形的形状是一圈等距分布的象牙状弧形旋转芒，这些外端尖锐的芒刺，呈顺时针旋转成齿状排列。而外层图案，是像极了四只逆风飞翔的大鸟，大鸟引颈伸腿，展翅飞翔，手足前后相接，它们围绕在内层象牙齿状的图案周围，排列均匀对称。整个图案好似一个神奇的旋涡，又像是旋转的云气或者是光芒四射的太阳在天地乾坤之间运转。特别是那四只生动的大鸟图案，更是给人无限的想象空间。

刚才还自认为清醒过人的张幺爷和石营长、张子恒都围着图案凑了上去。

张幺爷大惊小怪地说道："咦，这是谁在一堆灰下面画出这么规整的图案？还怪兮兮的。"

张子恒这时突然说："我看中间的那个六边形，咋这么像兆丰前几天打开后又神神道道盖上的那口古井？"

张子恒的话令张幺爷顿时有种茅塞顿开恍然大悟的感觉，也说道："你不说我还真把张韦博后花园里的那口井给忘了。别说，还真像是画的那口井的样子。但是也不对啊！那口井的周围没有套这样的圆圈啊，也没有刻这种图案啊！"

说着话，佘诗韵这时走进了奇怪的圆圈里，她站到了那个六边形的中央。突然，一道白刺刺的光从天空直直地照射了下来，正射在佘诗韵的头顶上，或者更像是从图案的线条里喷薄而出的，一下子把佘诗韵笼罩在一层层神秘莫测的光影里，使佘诗韵整个人一下子沐浴在了神奇的光晕之中。佘诗韵在这种光芒的笼罩下，脚尖一点，她轻盈的身子便在这层层叠叠变幻莫测的神奇光圈里舞动起来。

图案中的六边形，成了佘诗韵一个人的舞台。

在华丽的光影里，佘诗韵轻灵的身影舞动出了一种幻觉，时空在此时似乎出现了交错。日渥布吉看着在光影里舞动旋转的佘诗韵，禁不住热泪盈眶。

"她的世界还在！她的舞台还在！"日渥布吉激动地说。

大殿里的人都被这奇异的幻景迷住了，痴痴地看着在光影里舞动旋转的佘诗韵，甚至暂时忘记了自己现在究竟身在何处。

终于，奇异绚丽的光影在亦真亦幻间逐渐暗淡消失，佘诗韵停止了舞蹈，她呆立在原处，微闭着双眼，晶莹的泪水顺着白皙的脸庞悄无声息地流淌了下来。而在场的人仍旧痴痴地看着她，都没有去惊动她。

张子恒眼睛发直，佘诗韵身体内散发出的美让他体验出了一种说不出的美好。他在沉醉间暂时迷失了。

香玉拉住隐露的手，眼睛也同样湿润，好一阵子，才朝隐露轻声问道："老头子，我们是出现幻觉了吗？"

隐露却说："不是幻觉，是奇迹！"

"那道光是从哪里来的？"香玉又问。

"是从无意识的集体意念中来的，是从一个共有的精神世界里来的。"隐露又说。

而此时，刚才出现在地面上的图案也随着那道神秘华丽光芒的消失而消失了。没有留下一丝痕迹，变得杳无踪迹。

"咦，那图案咋不见了？"张子恒终于打破了沉寂，变得大惊小怪起来。

张幺爷也大惊小怪地说道："当真哈，咋地上的图案不见了？咋不见的？"

石营长更是迷迷瞪瞪的了，看看张幺爷，又看看张子恒，再看看静园老和尚和隐露……他啥话也不说了，眼睛里全是问号、感叹号、省略号……

香玉这时走到佘诗韵的身边，搂住她的肩膀，在她的耳边小声说道："妹子，睁开眼睛，你该醒过来了，结束了。"

而泪水涟涟的佘诗韵却依旧微闭着眼睛，轻轻摇了摇头，说："我不想醒过来，我不想睁开眼睛。我一睁开眼睛，我就失去那个世界了。我好怕失去它。他们还是没有带我走，他们还是把我留在了这里，我还能够看见他们的背影，还听见了他们手里摇动的铃声……"

听佘诗韵说这样的话，张幺爷又忧心忡忡起来，说：“莫不是真的中啥邪了？真要是这样，就得找仙婆给她治治啊！还在说些不着边际的疯话啊！”

张子恒却说：“幺爷，你说这话我都不晓得该给哪个治治了。刚才的事情你也看见了，要不是佘女子说疯话，我们就不晓得那堆灰底下会有那种怪兮兮的图。没有发现那种怪兮兮的图，佘女子就不会跑到六边形的图中间去跳舞，也就不会从天上破天荒地射出一道那么亮的光来。”

“这个事情太怪了。青天白日的，怪事情就是在眼皮子底下一茬接一茬地发生了。”张幺爷自言自语地说。

而石营长仍旧是一言不发，看看这个看看那个，整个人就像好奇的傻子似的，那种职业军人精明干练的样子此时已经荡然无存。

香玉却依旧在佘诗韵的耳朵边轻声说：“妹子，你真的要醒过来，你不能在幻觉和假象中越陷越深。你自己感觉一下，你现在仍旧站在冰凉的石板地上。你还跟我们在一起，你还没有脱离这个世界。你知道吗？”

佘诗韵仍旧摇头，仍旧紧闭着眼睛，泪水顺着脸颊继续流淌，长长的眼睫毛就像拉下的门帘子，掩盖住的是一幅朦胧的水墨山水。

“我真的不想再看见眼前的这个世界了。这么冷，这么孤独。我真的要到那个世界里去了。明媚的阳光，清新的空气，健康快乐的心灵，我真的要到那个世界里去了。”佘诗韵梦呓似的继续说，脸上的表情越来越痴迷。

香玉变得有些担忧起来，她看了看隐露。隐露脸上的表情也变得有些沉重，他小声朝香玉说：“就让她在里面沉浸一下吧。毕竟我们不是她，体会不出她此时的感受。”

香玉却很担心地说：“真的要把她叫醒过来，陷得越深，她就越是不愿意面对眼前的这个世界。现在让她沉迷在这样的幻觉里，对她是有害的。她毕竟还真实地存在于这个世界里。”

张幺爷这时也不无担心地朝隐露问道：“我干闺女究竟怎么啦？是

不是真的撞了啥子煞了？咋说的尽是不清醒的胡话？样子也像是没有睡醒一样。”

隐露没有理会张幺爷，有些无可奈何地摇了摇头。

香玉这时又像哄几岁小孩子似的在佘诗韵的耳边轻声地说：“妹子，听话，你试着睁开眼睛，试着看你面前的人。这些人都是你熟悉的人，都是爱你的人，你一点也不会孤独的。听话……”

“为什么我一睁开眼睛，那个世界就会离我而去？为什么只让我做这样的梦，而又不让我在现实中找到它？为什么？”佘诗韵闭着眼睛执著地问。

“因为你现在要面对的是这个世界，你不能生活在梦里。每个人都不会生活在梦里。睁开眼睛，妹子，听话。”香玉的声音越来越温柔。

“这个佘女子，睁一下眼睛就有这么难吗？”张幺爷显得不大耐烦起来，他走过去，朝香玉大声说道：“你让开，我来叫她睁开眼睛。她的眼皮还拿牛皮胶粘上了不成？”

香玉却说：“你会吓着她的。”

“没那么娇贵！”张幺爷的犟劲上来了。他有些粗暴地把香玉从佘诗韵的身边拉开，然后用打雷一般的声音凑在佘诗韵的耳朵边大声喊道：“佘女子，差不多就可以了，别像小娃娃一样耍小性子了哈。看人家都在笑话你。”

佘诗韵被张幺爷的粗门大嗓吓得打了一个激灵，泪水涟涟的眼睛终于张开了，就像两道布帘子一掀而开。

她看着张幺爷，表情古怪又惊奇。

“你为什么要叫醒我？干爹！”佘诗韵朝张幺爷质问道。

张幺爷却气呼呼地说：“还好，还认得我是你干爹，你还没疯！我还以为你真的中邪撞煞了呢！”

佘诗韵这时却说：“干爹，你信我的话吗？”

“啥话你让我信你的？”

“村子里的人就是从这里被带走的。”

张幺爷又迷惑地看着佘诗韵，说：“你该不是又疯了吧？”

“真的，我没骗你。村子里的人真的是从这里被带走的。你要相信我。”

“疯了，真的是疯了！仙人板板，咋得了哦？”张幺爷差点儿就捶胸顿足了。

香玉和隐露这时却相互看了一眼，神秘兮兮地笑了。石营长和张子恒继续傻子似的站在原地发愣。

这时静园老和尚朝双手合十于胸朝张幺爷说道：“阿——弥——陀——佛——张韦昌，这位女施主的话你就尽管信她吧。你就不要再纠缠于她了，她现在很辛苦。”

张幺爷变得极不客气地朝静园老和尚说道：“我信个锤子！明明是在大白天说不清醒的梦话，你们还让我信她！我也跟着她一起疯啊？”

静园老和尚说道：“你这只在菩萨的莲花宝座上撒惯了野的泼猴啊，什么时候才能得到我的度化啊？”

张幺爷将手叉在腰杆上，歪着脑袋看着静园老和尚，喘了口气地说：“静园，你也开始说胡话了。一辈子装神弄鬼的，我都懒得跟你说了。”

张子恒真的有些看不惯张幺爷此时的做派了，不耐烦地朝张幺爷说：“幺爷，静园老师父说你是一只猴算是客气的了，我看你现在就像是一个跳梁小丑！尽见你一个人在那儿跳！”

张子恒的话彻底惹怒了张幺爷，他一躬身子，脱下一只鞋子就要去追打张子恒，张子恒好像早就预感到张幺爷有这么一出，一下子绕到香玉和隐露的身后躲起来。

张幺爷朝张子恒恶狠狠地瞪着眼睛，骂道：“还没老没少的了，看老子把你的脸打得开花！”

张幺爷这么一闹腾，却暂时将心里的那股焦虑给忘却了。

8 轻重缓急

憬悟寺的大殿里这时重新变得安静起来，石营长仍旧沉迷在刚才亲眼看见的景象中，他盯着大殿里青石铺就的地面出神，然后又到刚才出现神秘图案的正中央，用脚使劲跺了跺地面。青石板铺就的地面发出坚实的沉闷声音。

张幺爷重新想起了集体失踪的那一帮子人。他现在觉得静园老和尚他们都不怎么可靠了，只能把唯一的希望寄托在石营长的身上。于是他走到石营长的身边，用几近讨好的声音可怜巴巴地说：“大干部，你现在得出个主意啊！都这么糊里糊涂的，咋得了？咋得了？村子里的人一个都不见了，得想办法去找啊！”

石营长冷冷地瞟了张幺爷一眼，漫不经心地说：“找？上哪儿找？我又不是公安局的人，我咋找？说严重点，这是一个大案子！得让公安局的人来破案！得报案！”

石营长把“破案”两个字说得重重的。

张幺爷一听，头一下子就炸了，说：“真的有那么严重？”

“你以为呢？几十上百号人不见了！人间蒸发了！这不是个小事情，是大事情！新中国成立以来，这么大的集体失踪案还是头一回发生。说不准，这个事情还得上报中央，上报国务院！”

张幺爷的心被石营长的话撞得“咚咚”直响，突然显得兴奋起来，眼睛发亮地说道：“这个事情真的有那么大吗？真的要惊动中央吗？”

石营长神态严肃地说：“这个就不太晓得了。”

张幺爷迫不及待地说道：“那还等啥子？赶紧到公社去报案啊！越快越好啊！”

石营长冷冷地瞟了张幺爷一眼，漫不经心地说：“你以为这个案子这么好报啊？没有确凿的证据，万一报了假案，就是造谣，就是唯恐天下不乱。这罪名落到你脑壳上恐怕承受不起吧。”

张幺爷变得理性起来，说：“也是哈，没有调查就没有发言权，啥事都得讲究个眼见为实耳听为虚。可是，卧牛村的一大帮子老老少少真的不见了啊，这个就不是我张韦昌在吹牛造谣了吧？”

“万一是被谁带着躲到一个秘密的地方去了呢？说不准哪个时候他们又自己出来了呢？”石营长说。

“会不会这样啊？”对这个事情张幺爷变得不大确定起来。

“怎么又不会出现这样的情况呢？”

“那你说这个事情究竟是报案还是不报案啊？”

“我说啊……”石营长盯着张幺爷卖了一下关子。张幺爷眼巴巴地看着石营长，极其虔诚地朝石营长说：“你说，你说。”

石营长这才说：“我说这个事情你就不用再掺和了，我们晓得想办法。”

“石营长，你说这话就不大中听了。我咋叫掺和呢？一大村子里的人全都不见了，丢了，我又是村子里的长辈，我不出面找他们，谁出面找他们啊？我咋叫掺和呢？况且，这个事情，我能不掺和进来吗？”张幺爷一脸的委屈。

石营长这时望了一眼日渥布吉，日渥布吉似乎对石营长的目光心领神会，他又朝佘诗韵使了一下眼色，佘诗韵就上去搀扶张幺爷，对张幺爷说：“干爹，石营长说这个话还是有道理的。这个事情你就是掺和进来，也是没有什么用处的，石营长会想办法的。我还是扶你找一个地方休息一下吧。”

张幺爷还要犟着性子不走，但是佘诗韵已经不由分说地搀扶着他朝大殿的外面走。张幺爷无奈，只好边走边扭过头，可怜巴巴地朝石营长说：“大干部啊，你可真的想办法找着全村这几十上百号人啊！活真真的命啊！不能说不见就不见了啊！”

张幺爷被搀扶出去后，大殿里显得清静了许多。张子恒仍旧像傻子似的将手拢进袖口里，坐在大殿宽厚的门槛上，呆头呆脑地看着大殿里的几个人。

石营长背着手，又极其认真地看着地上的青石板，日渥布吉这时走上去，朝石营长说：“石同志，景没啥好看的了，神秘的图案已经消失了，它给我们的启示已经结束了。”

“启示？什么启示？”

“诗韵知道，她已经感应到了那边的另一个世界。现在我们的任务就是去找到这个世界。我现在可以很明确地跟你说，卧牛村的人真的是从这个图案中消失的。”

“没这么怪！打死我都不信！这怎么解释得通？”

日渥布吉笑道：“解释不通的东西并不等于就不存在。现在解释不通的不一定以后就解释不通。你解释不通的，也不一定别人就解释不通。别再琢磨这个事情了。”

石营长挠了挠头皮，很不甘心地说：“也是，刚才我也明明看见那道神奇的光芒了。你说我刚才就只顾着看那道光芒了，竟然忘了看看这道光芒究竟是从哪个地方发出来的，好像是从天上直射下来的，又像是从地上直射上去的。”

日渥布吉又笑笑，说："那也许不是光，是一条通道。你看着它似乎很近，又似乎就在眼前触手可及的地方，其实它离你起码有十万八千里远的距离。不是有一句话叫'看似近在咫尺其实远在天涯'吗？这才是真正的距离。能够感觉得到的距离不是距离，只有相互之间不能产生交集和感觉的距离才是真正的距离。"

石营长用很陌生的眼睛看了日渥布吉一眼，说："你给我说这么绕口的话干什么？我听不懂你说的这些妖言惑众神经兮兮的话。"

日渥布吉笑道："我也只是随口这么说说，本来也没有指望你听懂。"

"欺负我见识浅，没啥文化是不是？"

日渥布吉又笑了笑，友好地拍了一把石营长的肩膀说道："玩笑了，玩笑了！"

石营长这时有几分忧虑地说："不过现在这个事情真的是不好整了，好几个人还死在村子里摆着呢，凶手盗走了一批黄金潜逃了。这边一个村子里的人又集体失踪，线索扑朔迷离神秘诡异。姜家湾又出现掘别人祖坟的盗墓贼。个个都是大事情，都凑堆了。我又没有人手，咋得了？"

日渥布吉说："是啊！这还真是个问题。不过，既然问题不赶巧地凑堆了，我看是不是这样，问题我们还是一个一个地来解决，别无头苍蝇似的乱阵脚。"

石营长叹了口气说："我晓得这个道理的。可是，该先从哪个事情入手呢？我咋感觉这些事情看着好像风马牛不相及，可是，却好像其中又有啥联系。"

"你这么想就是对的。所以我们得一个问题一个问题地来解决啊！"

"那你说该先解决哪个问题？"

"先找到张幺爷埋的那堆东西再说。"

听了日渥布吉的话，石营长一拍脑门，说道："你看，我咋把这事给忘了呢。赶紧叫那个张什么……张幺爷过来。"

张子恒听见要叫张幺爷过来，立刻从门槛上站起来，叫张幺爷去了。

张幺爷被佘诗韵搀扶着走得并不远，就坐在大殿外边阶沿上一块折断的石碑上。

张幺爷正望着空坝子上乱蓬蓬的蒿草出神。黑子在旁边卧着，支棱着一对耳朵，一双狗眼炯炯有神地看着张幺爷，显得很听话的样子。佘诗韵乖巧地坐在张幺爷的身边，将张幺爷的一双皱巴巴的手握在自己手里。

张子恒几步走过去，朝张幺爷说："幺爷，石营长又叫你过去。"

张幺爷回过神，望了一眼张子恒，说："咋？又要我掺和进来了。"张幺爷的眼睛里面有了神采。

"不是要你掺和进来，是要你带他们去找你埋的那堆东西。"

"咋都这个时候还惦记着那堆东西？那堆东西有个球用呀？找人才是正事啊！"

"你就别废话了，叫你过去你就过去。现在这事情整那么大，你是做不了主了，你只有听人家的。"

张幺爷无奈，只好站起来，又重新走进了大殿。

"石同志，你又招呼我做啥子？"走进大殿张幺爷就问。

石营长的态度变得友好了许多，说："张幺爷，是这么个情况。我们打算让你带我们去取出你埋的那堆东西。"

张幺爷立刻不满地说："你们咋这个时候还惦记那堆没用的东西？做事情咋都掂量不出个轻重呢？是几十上百号人重要还是那堆东西重要？人命关天啊！更何况还是几十上百号人的命啊！"

"我们没说不重视失踪的人啊！"石营长有些不耐烦起来。

"我看你们就没有重视。始终惦记的是卧牛村的东西。跟那伙抢黄金的人没有啥差别！"张幺爷不服软地激动起来，声音也提高了几分，用倔犟的眼神和石营长的眼神对视着。

日渥布吉这时走到张幺爷身边，说："张幺爷，你不要那么激动好不好。我们不是在想办法吗？"

"你们在想啥办法？你们想过去找人吗？你们首先想到的是咋样子取

出卧牛村的东西。卧牛村的地底下是有宝贝，这个不假，要不然卧牛村的老老少少就不会遭这么大的灾祸了。可是那些宝贝究竟是啥我也不清楚，除了那堆被抢去的黄金。就是我埋在菜园里的那堆东西，也不一定就是你们认为的啥宝贝。”

石营长这时极其生硬地朝张幺爷说道：“是不是宝贝你说了不算，要专家说了才算。况且我们也没有说你埋的东西就是宝贝，我们只是让你带我们去把它取出来。”

“我还不去了！不找着村子里的这一帮子人，你们休想我带你们去找那堆东西。”

张幺爷突然犯起倔来。他把自己埋在菜园里的那堆东西当做了一根救命稻草，他想用手里捏着的这根仅有的稻草要挟石营长。

石营长急得眼珠子都瞪出来了。

日渥布吉用眼神制止了要朝张幺爷发飙的石营长，朝张幺爷说：“张幺爷，你误会我们的意思了。事情我们掂量得出轻重缓急的，不过，你真的得带我们去挖出你埋的那堆东西。那堆东西说不准真的对我们有用。”

“有啥用？”

“要挖出来看了才知道。刚才地上显现的图案你也看见了，那不是什么人故意画上去的，是给我们的一种启示。我们需要解开这个启示的钥匙。”

“我埋的那堆东西又不是什么钥匙。”

“我说的钥匙不是开锁的钥匙。”

张幺爷还要说什么，这时跟着他走进来的佘诗韵却朝他说：“干爹，这个时候你就不要由着你的性子来了，你就带他们去把那堆东西取出来吧。日渥布吉说的话是有道理的。”

听了佘诗韵的话，张幺爷才极不情愿地说：“既然我的干闺女都站在你们那边帮着你们说话了，我也没啥说的了。那我就带你们去取那堆东西吧。”说着就朝大殿的外面走。

9 比金子还贵重的物件

在大殿的门口，张幺爷差点和两个刚要跨进大殿的人撞了个正着。待得定睛一看，却是兆丰和另一个六十来岁的陌生男人。陌生男人穿着洗得泛白的劳动布工作服，理着浅平头，头发有些花白，一脸的书卷气。张幺爷对陌生男人有种似曾相识的感觉。

“兆丰，咋来了？”张幺爷几乎是喜出望外地惊呼出声。

“张幺爷，看你急匆匆的样子，你这是要上哪儿去？”兆丰轻描淡写地朝张幺爷问道。

“带他们去取东西。”张幺爷说。

兆丰没有再理会张幺爷，而是径自领着陌生男人走进了大殿。张幺爷也转了身。

“白教授，我给你介绍一下，他就是张幺爷，小杨子认的干爹。”兆丰朝陌生男人介绍张幺爷道。

陌生男人正是白瑞峰。

白瑞峰有些清瘦的脸上立刻流露出几分感激的神情，他伸出双手握住张幺爷的右手，朝张幺爷说：“张幺爷，不好意思，小白给你添麻烦了。”

张幺爷倒是一时半会儿没有醒过神来，支吾着说：“你是？”

“他就是小杨子的爸爸——白瑞峰白教授。”兆丰说。

“哦！原来小白的爸爸就是你啊？难怪我第一眼看你就有种好像在哪儿见过的感觉。不说还不像，这一说起来吧，还真像是一个模子里刻出来的，特别是鼻子、眼睛，太像了。”张幺爷的话立刻就多了起来，脸上也神采奕奕地多了几分光彩。但是，张幺爷的神情马上又暗淡了下来，说：“不过，白，白教授，我要跟你检讨个事情。我……我没把小白照顾好，她……她……”张幺爷说着喉咙又有点不得劲起来。

白瑞峰放开张幺爷的手，拍了一下张幺爷的肩膀，说：“张幺爷，你不要跟我解释什么，事情的来龙去脉我已经知道了一些。事情不怪你，跟你没啥关系，倒是我们小白连累了你。”

张幺爷红着眼睛说：“一家人，说啥连累不连累的。就是……就是……”

“好了，张幺爷，我都说了，整个事情不怪你，也不是你想象的那么糟糕。小白会没有事的，她身上有她万祖祖给她的护身符。”

“你是说万神仙给她身上带了护身符？”张幺爷的眼睛立马又亮了。

“是啊！小白身上没有护身符的话，我也不敢这么冒失地把她一个人孤零零地支到你们卧牛村来啊！她会没有事的。”白瑞峰故作轻松地说。

张幺爷的心情一下子就轻松了许多，说：“早晓得是这个样子，我就不会那么揪心了。神仙就是神仙，做事情看得就是比我们远。”

把张幺爷安定下来，白瑞峰才把目光转向了大殿里的所有人。

兆丰的目光在香玉的脸上停留了一下，然后落在隐露的脸上，表情平淡得就像一杯沉淀下来的水一般，说：“你怎么来了？”

隐露看着兆丰，眼神也变得扑朔迷离，显得不太真实起来，说：“我要去哪个地方还不是抬手抬脚的事情。你这话问得……”

兆丰不再说什么，又将脸朝向静园老和尚，说：“是你把他请过来的吧？”

静园老和尚只长声念了一句“阿——弥——陀——佛——”就不做声了。

兆丰说的话和露出的表情都突兀而且奇怪，就连白瑞峰也用很诧异的眼神看着兆丰。

隐露这时却不乐意了，说道：“你别摆出拒人于千里之外的恶心表情。兆丰，不是老子现在说你，尽管你成了万展飞的关门弟子，但是，你晓不晓得万展飞为啥子没有给你娃娃倒真教？还不是你娃娃心胸小了，做人的格局小了。”

隐露说的话更是莫名其妙地突兀。现在不光是白瑞峰的眼睛瞪大了，当场所有人的眼睛都瞪大了。而隐露却直勾勾地瞪着兆丰，兆丰也用同样的眼神瞪着隐露。只有香玉，一脸的惊慌，看看兆丰又看看隐露，脸上浮光掠影地飘过一丝复杂的表情。

兆丰狠狠地咽下了已经到了嘴边的话，说：“你说对了，算我格局小了。这话我们就此打住。说正事。”

隐露嘀咕道：“这才是男人的气量嘛。”然后抱着膀子，看着兆丰。

兆丰也不再看着隐露，而是朝日渥布吉说：“我们还是赶紧去把东西取出来。我师傅还等着我们过去呢。”又朝张幺爷说，“张幺爷，你赶紧带我们去取东西吧。”

张幺爷越来越感觉到自己一不小心埋下的那堆东西的分量，“哦”了一声，跟着兆丰就朝大殿的外面走。

一行人也一起走出了大殿，只有静园老和尚留在了憬悟寺里。他说他还要处理一个小事情。

这是一个冬日里晴朗的天气，尽管空气仍旧冷飕飕硬邦邦的，风刮在脸上有被细鞭子轻轻抽打的感觉，但普照的阳光还是透露出了些许的暖意，使人蜷起的身子不由地舒展了几分。就连一直佝偻着身子将手拢进袖口里的张子恒，也将腰杆挺直了几分，人也精神了许多。

一行人被张幺爷领进了一块用竹篱笆围起来的菜园里，菜园里栽种着卷心菜和菠菜以及蒜苗。夜间形成的霜冻在此时还没有完全化掉，菜叶子上像被涂抹着一层淡淡的金色粉末，在阳光下泛着零星的光芒。

菜园的东北角有一颗苍劲的皂角树，严冬已经把它的叶子完全摧残掉了，只剩下光秃秃的树枝。树下有两堆不算大的土丘，上面长着稀疏的蒿草。蒿草依旧干枯，在轻微的冷风里瑟瑟发抖。

张幺爷带着大家走过去，边走边说："这两块坟地是我老子和老娘亲的坟。那堆东西我就埋在两块坟地之间。我也晓得东西是好东西，说不定天年好了就会值大价钱，所以我就让我老子和老娘亲把这堆东西给我好好看管起来。"

"子恒，你赶紧回家去找两把锄头过来，把那堆东西起出来。"张幺爷朝张子恒说。

张子恒二话没说，转身朝院子里走。佘诗韵想了一下，说了一声："等我一下。"也跟着张子恒去了。

张幺爷念叨了句："这个佘女子，跟着子恒撵啥子？"

不一会儿，张子恒和佘诗韵各扛了一把锄头回来。

张幺爷接过佘诗韵递过来的锄头，啐了口唾沫在手心里，搓了两下手掌，然后举起锄头，挥开膀子就朝脚下的土层挖去。张子恒也挖了下去。

东西埋得并不深，只挖出一尺多的深度，张幺爷的锄头就发出挖到了硬物的声音。白瑞峰轻声喊道："小心，别伤了东西。"

张幺爷很有把握地说："伤不了，我在上头盖了石板的。"说着他和张子恒停止了挖掘，改刨土。

一块刻着模糊碑文的青石板从青黑色的泥土里逐渐显露了出来。大家都围了上去。

张幺爷抹了一把汗津津的额头，放下了锄头，然后蹲下身，开始用手清理石板的边缘。

石板并不大，是一块残缺的墓碑，上面的碑文已经字迹模糊，残缺不全。当张幺爷把青石板使劲掀起来的时候，一个用黏土烧制的敞口坛子露了出来。坛子里装了草灰，看不见究竟藏着什么东西。

张幺爷、张子恒、日渥布吉和兆丰四个人一起抓住坛子内口，一齐喊了声“嘿”，劲使到一处，就把坛子提了起来。坛子上大下小呈见底状，所以并没有使太大的劲。

张幺爷用手麻利地清理出了坛子里的灰草，里面的东西便一件件地被拿了出来。

坛子还真像一个聚宝盆，里面的物件被一件件接二连三地拿出来的时候，大家都有点目不暇接了。色彩斑斓做工精细造型独特大小不一的玉石器皿真是琳琅满目。

当张幺爷从坛子里拿出一个内圆外方的玉琮的时候，白教授立刻接了过去，举过头顶，对着阳光仔细把玩了起来。见白教授对这个大物件显出格外的兴趣，大家都情不自禁地一起仰头凑上去观看。

这是一个做工极其考究的物件，四面直槽内上下各刻一神人兽面复合图像，共8个。单个图像高约6厘米，宽约8厘米，用线浮雕结合细线刻雕琢成。图案主体的神人，脸面呈倒梯形，眼为重圈，两侧有小三角形眼角，宽鼻以弧线勾出鼻翼，阔嘴用一条长横线、7条短线刻出两排16个牙齿。头饰内层为帽，刻8组卷云纹，外层羽冠，刻22组边缘双线，中间单线组成放射状羽饰。脸与冠浅浮雕而成。神人上肢耸肩平臂，手及腰部、下肢屈曲，三爪如鸟。四肢密布卷云、弧线、横竖直线作成的纹饰。胸腹部浅浮雕兽面纹，有椭圆形凸面眼睑和桥形额部。在玉琮的角尺形凸面上，以转角为中轴展开，每两节还琢刻了简化的神人兽面纹，四角相同，左右对称，共8组。与竖槽内的纹饰相比，这一人兽组合保留了基本构图，省去了神人的四肢，冠作了变形，面部简化，在兽面两侧增加了一对夸张的鸟纹。以转角为中轴展开的简化人兽组合纹是良渚文化玉琮纹饰的基本特征。而在玉琮的四面，各有几个神奇的符号。

白瑞峰对着阳光将玉琮看得极其仔细，喃喃说道：“没想到真是踏破铁鞋无觅处，得来全不费工夫啊！”

这时，佘诗韵看出了什么端倪，说道：“我想起来了，憬悟寺里出现的那个神奇的图案，那个内圆外方的图形不就是这个器物的形状吗？”

白教授立刻朝佘诗韵问道：“你是说憬悟寺里有图案？什么图案？”

佘诗韵被白瑞峰灼热发亮的眼睛看得心里跳了一下，说：“一组神秘的图案，只出现了很短的时间。”

张幺爷这时也停止了手里的活计，说：“对，太神奇了。如果不是亲眼所见，谁也不会相信这事是真的。佘女子还在那个图案的中间跳舞呢。她跳舞的时候，还出现了好神奇的光芒，晃眼得很，根本没有看清楚那道光的来龙去脉，既像是从天上射下来的，又像是从佘女子脚底下喷射出的。太奇怪了！只一下子，就消失了，那组图形也消失了。对了，佘女子起先还说她在那堆灰的下面听见了奶娃子的哭闹声。要不是她说听见了那堆灰的下面有奶娃子的哭闹声，也不会晓得那堆灰的下面会有那么奇怪的图形。”

白教授再一次将目光投向了佘诗韵，说：“是张幺爷说的这样吗？”

佘诗韵点头。

“把你的手掌伸出来我看看。”白瑞峰说道。

佘诗韵将手掌伸到了白瑞峰的眼前。佘诗韵的手掌白皙，但纹路模糊不清。白瑞峰抓过佘诗韵的手掌，举到了阳光下。当佘诗韵手掌上的血线重新出现之时，白瑞峰的脸上显出兴奋异常的光彩。他把佘诗韵的手掌放了下来，说道：“一切都是巧合！一切都是巧合。如果没有你的出现，憬悟寺出现的那组图案就不会被发现，所有的启示都将继续被深深地隐藏。这是一个不折不扣的奇迹。”

佘诗韵轻皱了一下眉头，朝白瑞峰问道：“那么，那组图案为什么会出现，又为什么会突然间消失呢？你是教授，你能给我们解释清楚吗？”

“对，还有那道晃眼的光！”

见大家都用很好奇的眼神看着他，白瑞峰想了想，似乎来了一吐为快的兴趣。只有日渥布吉笑嘻嘻地站在一旁，说：“让大教授给你们解惑吧。”

石营长更是眼睛里都像长出了钩子似的挂在白瑞峰的脸上，他太想知道个究竟了。

白瑞峰清了一下嗓子，说道：“我也只能给你们说个大概，或者说一个概念，你们也不一定能完全听明白，我就尽量朝浅显的方向说吧。这其实是一门很高深的学问，一般人是很难把它搞清楚的。如果只看到现象而不明白现象的本质，就很容易产生误解。所谓‘玄之又玄众妙之门’的说法，就是一个笼统的只看到现象不明白本质的说法。古人都是在这样的笼统概念下衍生出各种玄学的。

“你们看到的这个现象，其实都是真的，是真实存在的，但这么神奇的幻觉一样的东西为什么又莫名其妙地消失不见了？这里面就有一个很深奥的概念，这个概念是西方的一个心理学家提出来的，叫‘集体无意识心理反应’。集体无意识心理反应是人格结构最底层的无意识，包括祖先在内的世世代代的活动方式和经验库存在人脑中的遗传痕迹。集体无意识和个人无意识的区别在于：它不是被遗忘的部分，而是我们一直都意识不到的东西。集体无意识是人类的一个思维定式。它很有可能在极其特殊的情形下由个体的无意识汇集成流，造成了使‘不正常’现象成为‘正常’的‘集体无意识’。我说的这些，你们听明白了吗？”白瑞峰朝大家问道。

大家几乎同时摇头说道：“不明白。”

白教授无奈地摊了摊手，又摇了摇头说：“这个现象要简单地用三言两语给你们说清楚，我也是挺为难的。”

张幺爷这时说：“大教授，这个不怪你，还是怪我们书读少了，想问题简单了点。我们就先不说啥集体之类的东西，我们现在就说你手里的这块玩意儿，你咋就单单捡这一块玩意儿看得那么细呢？”

白瑞峰说：“张幺爷，你有可能是无意中做了一件惊天动地的大事情啊！这个玩意儿的出现，极有可能改写人类文明历史的发展脉络。”

张幺爷的眼睛都瞪大了，说：“我有那么玄吗？”

白瑞峰笑道：“不是你有那么玄。我说的是真的。这个玩意儿，就是打开另一个神奇世界的大门钥匙。”

“钥匙？这东西咋会是钥匙了？明明是一个玉料坯子嘛！”

白瑞峰笑道：“张幺爷，此钥匙非彼钥匙。它就是一把钥匙，而且是那个世界留给这个世界的唯一的一把钥匙。”

张幺爷看着白瑞峰，喃喃自语似的说：“我都搞不懂你们了。咋一个个的一到时间，就要说些筛边打网不着调调的疯话？”

白瑞峰朝着张幺爷呵呵地笑，日渥布吉也是一脸轻松的喜悦。

张幺爷又说：“看你们的样子，比找到了那堆金子还高兴。”

白瑞峰笑道：“这个可比金子贵重多了。”

每个人心中都有一个坛城

空旷的地底大厅内，夕阳的余晖从几十米高的一个圆形洞孔斜斜地透射到大厅的底部。万展飞清瘦落寂的身影就沐浴在这道神秘的光晕之中。

静园老和尚盘坐在万展飞的旁边，他双手合十，双目微闭，一副打坐入定的样子。隐露和香玉站在万展飞的身后。香玉用手给万展飞轻轻揉着肩膀，隐露魂不守舍地东张西望，他似乎很不适应这儿的环境。

白瑞峰带回来的那个玉琮摆在万展飞面前的地上，在夕阳辉煌的光柱里，玉琮散发着温润细腻的光泽。

兆丰和日渥布吉以及张幺爷他们分别坐在地厅里那泓水池对面的鹅卵石上，像虔诚的教徒静静地看着万展飞。

大厅里依旧是那么的安静，除了从穹顶上岩石的缝隙间偶尔滴落下的水滴，打在那泓水池里发出的滴答声外，便没有了任何声响。

万展飞一直闭着的眼睛这时突然间张开。他仰起头，看了看穹顶上的那个出口。出口因为在穹顶，看起来是一个拳头大小的小窟窿。强烈的光柱把万展飞的眼睛晃得眯缝起来，他朝着透射下来的那道光柱，深深地吸了一口气，然后说道：“阳光的味道真是好啊！香玉，你闻出阳光的味道了吗？”

香玉边给万展飞揉着肩膀边微笑着俯下身，将嘴凑在万展飞的耳朵边轻声说：“我记得你以前就这么问过我的。”

“我问过吗？”万展飞扭过头，望着香玉。

隐露立刻显得老大的不自在，不耐烦地说道：“你给他揉揉就行了，还没完没了的了。以前享受惯了还是咋的？”

万展飞朝着隐露呵呵笑道：“隐露，你连我老万的醋也吃？”

隐露急得有点抓耳挠腮，说：“我和香玉都这么多年的老夫老妻了，还吃哪门子醋？我是看不惯你这臭德性。”

万展飞哈哈地大笑起来，不理会隐露了，朝香玉说：“你给我的颈椎多揉揉，坐了那么多年，腰椎、颈椎都坐出毛病了。”

香玉很体贴地顺着万展飞的意思揉过去，边揉边问：“是这吗？”万展飞一副享受的样子，应道：“对，对，就那儿，多揉揉。”

隐露终于忍不住，一把把香玉拉开，说：“让我来给他揉，你那力道侍候不了他。”万展飞也不推辞，脸上露出几分诡异的坏笑，任凭隐露在他的肩膀和后颈上揉捏。

隐露边捏边咬牙切齿地问：“这下受用了吧？”

万展飞轻描淡写地说：“力道还是不够。”

隐露气得牙齿咬得更紧了，加大了力道。万展飞笑道：“有点感觉了，呵呵……”

隐露恶狠狠地边揉边说：“有点感觉就好了。我还以为我的力道不行了，手底的功夫生疏了呢。”

万展飞又呵呵地笑道：“是有点生疏了。你连基本的穴道都不咋找得准了。”

隐露气得使劲在万展飞的背上捶了两拳，大声骂道：“老子不揉了，别把你舒服死了。”

万展飞呵呵笑道：“隐露，你还是这么恨我，还是这么巴不得我死。”

隐露说：“关键你没死啊！我恨你也得有用啊？”

万展飞笑道：“我幸好没死，要是我真死了，你隐露这辈子连恨的人都没有一个了，那得多无趣啊？呵呵……”

隐露忿忿地说道：“你别在我面前嬉皮笑脸的。我来不是看你笑的，我一会儿就消失，还是回我的小茅草屋待着稳当。你这儿哪是人待的地方？看着心里头都泛凉。”

万展飞说：“你既然好不容易跟香玉两个来了，就在这儿多待两天吧。张韦博的那个后花园里还有一壶茶一直等着你去喝呢，呵呵……”

隐露极其不耐烦地说道：“你咋又把他这个瘟神扯出来了？你还真是哪壶不开提哪壶！”

“你还这么忌讳他？他已经到台湾去了，这辈子怕也没有机会再回来了。俗话说‘落叶归根’，他这辈子连根都没有了，也够不幸的了，你还忌讳他干什么？”

“我不是忌讳他，是我不想提这个人的名字。妈的个巴子，什么玩意儿！”

“呵呵……隐露，是你把人家最喜欢的东西骗走了，你还记人家一辈子的死仇。你这是相当没有道理的。”

“得得得，你别越扯越远了哈。说正事。”隐露突然就妥协了。

万展飞呵呵笑道：“我还真有正事要你去马上帮我办。”

“我就知道来了就没有啥好事。你说吧，啥事要我给你办的。”

万展飞突然沉下脸，一副失落的表情，说：“我那猴儿受委屈了，受大委屈了，已经在冰窖里搁了好几天了。你能帮我把他唤回来吗？”

隐露见万展飞突然露出这么慎重的表情，再也不敢掉以轻心，说：“你是说庹观出事了？”

万展飞沉重地点点头，说：“这孩子是真的出事了。腹部挨了一枪，血流干了，我找不回他了。”

“咋会出这事？你不是说这辈子就让他侍候你了吗？”

“我都差点没有逃过一劫，何况我的这只猴儿。”万展飞说到这儿是真的有些伤心了。

“那你咋不早说？还跟我东说南山西说海的。赶紧带我去看看啊！”隐露说。

“猴儿就在那个冰窖里，你自己去看看吧。我身子又不方便。”万展飞说。

这时白瑞峰从一处暗影里走出来对隐露说：“还是我带你们去吧。”

万展飞却说：“你就不要去了。这儿还有事情。”

隐露已经拉了香玉，朝黑色的甬道里走去……

万展飞将一直摆放在面前的那个玉琮拿起来，就像把玩一个宝贝似的在手里掂过来倒过去地看，嘴里喃喃自语地说道：“这东西在地底下也不知埋了多少年了，都有土色沁在里面了。是该它重见天日的时候了。”

白瑞峰这时在万展飞的面前蹲下，说：“原先我们一直担心是张韦博把这东西带走了，没想到它还安安静静地躺在它该躺的地方。”

“其实我们是高估了张韦博了。这人啊，终究是打家劫舍的土匪性子，改不了。贪！贪财贪色，贪生怕死。他当初窥觑卧牛村地底下的东西其实就是冲着金银财宝去的，他根本就不知道这世间还有比金银财宝更宝贝的东西。这人心啊，一旦走上了偏门，就很难回到正道上来了。退一万步来说，这东西就是真被张韦博带到台湾去了，他也只会把它当做是一个宝贝，或者用来把玩，或者束之高阁，而不会知道这是一件可以沟通天地的法器的。”

白瑞峰从万展飞的手里把玉琮小心翼翼地接过来，也对着阳光端详。万展飞看着白瑞峰，脸上洋溢着慈祥的神采。

“你看出什么名堂了吗？”

白瑞峰摇了摇头，说：“仅凭这个，我还真是看不出什么。但是，上面的几个符号，我倒是可以断定就是我们一直在寻找的那几个缺失的符号。”

万展飞说道：“是啊！符号的意义有时候远远大于文字的意义，它可以直抵人心，而文字在这方面显然要欠缺得多。有一种叫曼荼罗的东西，也有叫它‘坛城’的，那就是一种用图案和符号组成的大千世界。我们居住的这个地球，宇宙的结构，生命的各种境界，都包罗在其中。只要对着它清静观想，就可以看见里面隐藏着一个无比神奇的世界。其实啊，每个人的心中，都是有一个‘坛城’的。只不过，它是被掩藏得太深了，能够看得见它的人太少，更不用说用清静观想的方法去面对它了。而你手中的这个器物，就是类似于坛城的一件东西。”

听万展飞这么说，白瑞峰把手中的玉琮把玩得更加仔细了。

这时，万展飞朝一直站在水池对面的佘诗韵温和地轻轻招手，说：“来，你过来。”

佘诗韵走过来，万展飞让她把一只手伸到他面前，端详起了她的掌纹，喃喃自语地说道：“还真是苦了你的心性了。这个世间，混浊的东西太多，灵性飘逸的东西越来越少了。你这掌纹，都快看不清纹路了。”

说完他将佘诗韵的手放下，然后让白瑞峰把玉琮放到辉煌的夕阳下。玉琮的光晕愈加的温润通透。

万展飞又让佘诗韵像他一样盘腿坐在玉琮跟前，然后让她用双手像呵护心灵之石一般地拢着玉琮，轻声朝佘诗韵说道：“慢慢闭上你的眼睛，尽量放松你身体的所有关节，感觉你身上的每一寸肌肤都是松弛的，彻底松弛的，包括你脸上的每一块肌肉。一直放松下去，脑子中想象蓝天、白云、广袤的原野、郁郁葱葱的森林……”

佘诗韵照着万展飞的话做了。她和万展飞的身影此时都沐浴在夕阳光影中，显得高贵而且迷离。

大厅里的气氛在此时也起了微妙的变化，所有的人都能够真切地感受到身体内的那颗一直跳动的心在逐渐地沉寂下来，越来越安静，越来越空灵，越来越飘逸。

奇迹在不经意间真的发生了。只见余诗韵呵护玉琮的双手的手背突然间变得透明起来，一束束伸缩不定的光芒在她的手心间发出，玉琮也在此时仿佛被突然点亮，发出了灿烂夺目的光芒，整个大厅的空间也在此时被无限地拓展，广袤的原野出现了，沉郁的森林出现了，蓝天、白云、河流、一望无际的原野、穿着奇异服饰的在田间劳作的人们……

万展飞是杀人凶手

当眼前的一切又神奇地消失时，所有人都不敢相信眼前发生的一切是真的。张幺爷和张子恒如梦初醒般地边揉着眼睛边看着仍旧双目微闭的佘诗韵。而沐浴在夕阳光晕中的佘诗韵显得那么美好庄重、从容温柔，就像一个神圣祭坛上的神女。有晶莹剔透的泪珠挂在她长长的睫毛上，像极了早间草叶尖上点缀的露珠。

石营长也是瞪大了眼睛定定地看着佘诗韵和万展飞，他是一个彻头彻尾的无神论者，他决然不会相信刚才在眼前发生的事件是真实的，于是喃喃地说道：“不会是真的吧？是老人家变的魔术吧。”

万展飞神情温和地看了石营长一眼，然后朝仍旧闭着眼睛的佘诗韵说：“姑娘，你可以睁开眼睛了。”

而佘诗韵却轻声说：“不，不要让我睁开眼睛好吗？我看见那个世界了，我爸爸和妈妈一直给我描绘的那个世界，也是他们梦寐以求都想回去的那个世界。我真的看见了，可是……可是为什么它又不见了？它消失了……我为什么找不到进入那个世界的入口？”

万展飞说道：“姑娘，你刚才看见的只是一种幻觉，你并不在那个世界里。所以，你现在得睁开你的眼睛。”

佘诗韵却仍旧固执地摇头，说：“我为什么看不见它了？我为什么看不见它了？”佘诗韵的眉头紧紧地皱起来，眼睛也闭得更紧，显得痛苦而且迫切，似乎努力想在记忆中找回什么。

万展飞显出一丝担忧，说：“姑娘，你暂时还找不到那个世界。它已经离你很远了。你睁开眼睛，看看这个真实的世界。”

佘诗韵却仍旧摇头，就是不愿意把眼睛睁开。

张幺爷这时小声嘀咕道：“这个佘女子，咋毛病又犯了。刚才来的时候在憬悟寺犯了一次，咋在这儿又犯了？”

万展飞哦了一声，朝张幺爷问道：“你说她在憬悟寺的时候也出现过这样的症状？”

张幺爷说：“咋没有，也像是刚才这个样子，眼睛一花，就像万花筒似的，啥子东西都走样了，漂亮得很。佘女子还在一圈太阳亮光里跳舞呢。”

“有这样的事吗？”万展飞望着白瑞峰问。

白瑞峰说：“我也没看见，只是听他们说了这个事情。说憬悟寺大殿的石板地上出现了一组神秘的图案，还出现了神奇的光芒，而后又神奇地消失了。我给他们解释过，但是他们不一定能理解清楚。”

万展飞又望望兆丰。兆丰摇头说：“我也没有看见。”

这时日渥布吉走了过来，他说：“老神仙，我来把那个图案画出来你看就清楚了。”于是日渥布吉找了一块尖利的石块，在万展飞跟前将他看见的那组图案简单地画了出来。

当万展飞看着日渥布吉画出的这组图案的时候，他的眼神变得明亮起来，激动地说道：“这就对了，这就对了嘛！”

白瑞峰和日渥布吉都不明白是怎么回事，不约而同地朝万展飞问道：“什么对了？”

万展飞从佘诗韵双手间拿过玉琮，放在了图案正中的那个六边形上，目光炯炯地说：“还需要我来解释吗？这就是一个曼荼罗，一个坛城的大门啊！”

白瑞峰情不自禁说道：“原来我们一直想要找的这个入口就是它？”

“是啊！一切都有了解释。只要我们在现实中找到了这组图案，我们就一定能够打开那个世界的入口。老天真的是待苍生不薄啊。当那个世界在现实中消失的时候，它仍旧给我们遗留下了一把开启那个世界大门的钥匙。天地之间，难道说没有大慈大爱的悲悯之心吗？”万展飞深深地叹道。他又朝一直闭目打坐的静园老和尚说道，“静园法师，你也来看看，你一直要找的浮屠是不是这个？”

静园老和尚却长声道：“阿——弥——陀——佛——老衲无须再见，老衲心中早有浮屠，无须再生一个浮屠。你这是多事了。”然后又沉声不语地继续打坐参禅。

万展飞却面露不屑地说道：“和尚里也有迂夫子和尚。”

白瑞峰说道：“那么，现在的问题是，我们能够找到这大门吗？”

万展飞看着白瑞峰，说：“瑞峰，现在看起来，我们一直在做的一切外围工作都没有白费。种种迹象越来越明显，卧牛村的地下隐藏着一个世代传承的秘密，那就是，另一个通往另一个世界的大门也许就在那块封土堆下面。”

说完万展飞又朝张幺爷说道：“张韦昌，现在我得告诉你一个你们所有卧牛村人都不会想到的秘密。这个秘密与你有着很大的关联。”

张幺爷瞪着铜铃一般的眼睛说：“与我有很大的关联？我不就是一个老实巴交的庄稼人吗？”

万展飞说道：“你是老实巴交的庄稼人。如果我不把这个秘密告诉你，你就是到死，也只能知道你是一个老实巴交的庄稼人。”

“你把我都说糊涂了。”张幺爷说。

“你还记得你的父亲张连春吧？”

“咋不记得？我老子呢！他死的样子我现在还记得清清楚楚的，浑身血淋淋的，好吓人哦。就是不晓得他是咋个死的，只怀疑是不是撞了啥子煞得了啥子怪病了。”

万展飞微微摇头，看着张幺爷，然后说：“他是撞煞了这没有错。他的死是和他的身份有关的。”

“身份？啥子身份？我怕我老子也是一个老实巴交的农二哥啊！”张幺爷觉得万展飞的话越来越奇怪了，好奇地问，“你好像很晓得我老子的底细一样？”

万展飞笑了一下，看着张幺爷的眼睛好一会儿。张幺爷突然觉得万展飞的瞳孔里闪烁出的光很冷很深，被看得心里有点泛凉了。终于，万展飞说道：“其实我本来是不想告诉你这些的。但是，如果我不把这些告诉你的话，我的心里也会落下病灶。”

“想说你就说，不要倒说不说的。”张幺爷着急起来。

万展飞继续看着张幺爷的眼睛，又停顿了一下，说：“其实……你的父亲——张连春得的不是一种怪病。他是死在我的手里的。”

万展飞此言一出，张幺爷和张子恒两个人顿时就惊了，不约而同地站起来，半张着嘴巴，惊讶地看着万展飞……就连白瑞峰和兆丰也莫名其妙地看着他。

万展飞说出的话出乎所有人的意料。而他仍旧用很复杂的眼神平静地盯着张幺爷。

张幺爷再也不惧怕万展飞的眼睛，而是和万展飞对视着，嘴唇嚅动着，狠咽了一口唾沫才说：“万神仙，我一直是打心里尊重你的。你可不要信口开河地乱球发言哦。杀父之仇不共戴天的哦。我张韦昌虽然说不上是孝子，但是，有仇必报还是做得到的。你要想清楚再说这个话哦！”

张幺爷一度显得有点激动了。张子恒也用很激动的眼神看着万展飞了。

万展飞轻轻笑了一下，朝张幺爷和张子恒说：“你们两个先不要激动，先坐下来听我慢慢把话说完再激动，要得不？”

张幺爷却突然大声骂道：“要得锤子！你现在不把话说清楚，老子现在就跟你拼命！”说着张幺爷开始埋头在地上寻找报仇的家什。一躬身，把一块半大的鹅卵石抱在手上了，虎视眈眈地看着万展飞。

兆丰站起来，挡在万展飞面前，朝张幺爷喝道：“张幺爷，你不要胡来！等我师傅把话说完再捡石头，要得不？”

张幺爷越来越激动，说：“好好好，你让他把话说完。今天既然他把话都说到这儿了，那么，今天就说得脱走得脱。”

“那你先把石头搁下，要得不？”兆丰又说。

“好好好……老子搁，老子搁。你让他说。”张幺爷又说道。

万展飞这时把兆丰从跟前拉开，说：“你让他直接面对我好了，你别挡在我面前碍事。”

隔着一个水池，张幺爷和万展飞以更加直接的方式对峙在一起了……

12 不能泄露的天机

万展飞对着张幺爷轻笑了一下，说道：“张韦昌，你现在表现出的性子还真像当初你老子。”

“你不要扯偏风，你接着你刚才的话说才是真的。”张幺爷迫不及待地说。

“你老子临死的时候给你留下什么话没有？”万展飞问。

“留啥子话？没有留啥子话。”

“你再仔细想一想。你是给他送了终的，他应该给你留下了话的。”

张幺爷想了一下，说：“对了，我只记得当时他临死的时候，他的房间里只有我跟他两个人。因为房间里血味又腥又臭，连我老母亲都不愿意进来，另外的人就更不敢进来了。我记得当时他还是拉着我的手跟我说的，叫我千万不要进卧牛山的蛮洞，还有就是卧牛村地底下有血煞，更乱挖不得。叮嘱张家的后辈儿孙要修房建屋的时候，采地基起码要三个阴阳师看了才可以动土。”

“你照他说的话做了吗？”

“当然照他的话做了。他老人家的临终遗言，不听就是不孝的嘛！”

“好了，既然他给你吩咐了这些，我就来说一下我为什么说刚才的那句话了。”

“你说。”

“其实，你父亲到死都没有告诉你他其实是一个阴差。”

“阴差！”张幺爷又豁地站了起来，道：“你说我老子不是人？是阴曹地府的阴差？”

“他不是阴曹地府的阴差，而是阳世里的阴差。”万展飞说的话越来越离奇，就连兆丰也开始用怀疑的眼神看着他了。

“你在说神话哦！阳世里头哪儿来的阴差哦？你是不是想污蔑我老子来推脱你的责任哦？”

“我今天不说，你永远不会懂的。我说的这个话，你过后尽可以找静园老师父印证。”

张幺爷就把眼光调向了一直在打坐的静园老和尚。而静园老和尚就像是入定了一般，盘腿坐在地上纹丝不动，不悲不喜，不言不语。

“你们卧牛村，千百年来一直秘密传承着一个天机，那就是始终有一个守护村子的人，这个人就是阴差。这是一个神秘的职业，你父亲就是这个秘密传人。你父亲死后，这个传人就落在了张子坤的身上。那个春明，是张子坤身后的传人……”

“我咋从来没有听我老子说起过？”

“他如果对你说了，就算是泄露天机了。泄露了天机是会遭到严重惩罚的。也正是因为他泄露了天机，所以他才招来了杀身之祸。”

“那你今天说了，是不是也算是泄露天机了？是不是也有杀身之祸？”

“我今天敢说出来，当然不算是泄露天机。因为卧牛村的天机在那条蟒蛇出来之时，已经泄露了。”

“那么，我的父亲又泄露了什么天机？莫非他早就知道卧牛村的那个老林子里有那个洞？”

“这个他倒是不知道。但是，他把他是阴差的这个秘密告诉了张韦博。”

“张韦博？”

“是的。这个张韦博应该算是你们张家的败类。这事说来话长，还得从孙殿英盗掘清东陵说起。”

“咋又会从孙殿英盗掘东陵古墓说起呢？这可是八竿子打不到一块儿的事情啊！张韦博也没有做过啥掘祖坟的恶事啊！”

“这事有前因后果的。你先别打岔，等我把这个事情慢慢地跟你说清楚了，说透彻了，以后你才不会骂我万展飞的祖宗。”

“那你说，我听着。”

万展飞清了一下喉咙，目光变得清澈如水起来，他缓声讲起那段历史来……

万展飞将这一段往事讲完，夕阳的余晖已经落尽，从穹顶上透射下的那道光柱也暗淡下来。佘诗韵仍旧紧闭着眼睛一动不动，她已经没有冥想，像石化了一般。

此时大家的注意力并没有放在佘诗韵的身上，而是停留在万展飞的讲述上。

万展飞花了很长的时间和很大精力将东陵被盗掘的来龙去脉说完了，而且说得极其详细和周全，就像他亲身经历过的一般，但是，张幺爷和张子恒还是纠结在另一个问题上，那就是这件事和张韦博有什么关系，和张连春的死又有什么关系。

张幺爷不紧不慢地说道：“你说了那么多，那你现在总该说一下这事和我老子的死有啥子关系了吧？总不会我老子也伙同着那群二流子去干了刨人祖坟的勾当了吧？”张幺爷的眼神带着很大的挑衅意味。

万展飞对张幺爷的这种眼神不屑一顾，低头沉思了一下，说：“的确，你老子的死和我刚才说的这段历史公案没有啥太大的关系。但是，我要跟你说的是，你老子的死，却是和张韦博有直接的关系。”

“和张韦博有直接的关系？这么说，我老子不是被你害死的，是张韦博害死的？”

“是我和张韦博一起把你老子张连春给害死的。”万展飞说。

“好，你又多找了一个替死鬼来陪杀场。那你就说说你们是咋害死我老子的。”张幺爷看万展飞的眼神越来越冷。

万展飞沉吟半晌，说道：“张韦博就是因为看见孙殿英盗掘东陵古墓升了官发了财，才打起卧牛村地底下的主意的。卧牛村的这个封土堆是有传说的。老地名叫‘大坟包’，本地人都叫它‘皇坟’。这个你该晓得吧？”

“这个我晓得。自打我懂事的时候起，就晓得那个土包包叫‘大坟包’了。”

“其实那不是皇坟，也不是大坟包。”

“那是什么？”

“是天机！”

“天机？什么天机？我咋从来没有听说过卧牛村有啥子天机？你又编神话来哄我张韦昌的吧？”

“你觉得我有必要编个神话来哄你吗？”

张幺爷看着万展飞，似乎想从万展飞平静如水的表情里看出什么蛛丝马迹。“你还是赶紧说我老子是咋被你害死的。你别给我说这些筛边打网的话，我没啥兴趣听。”

于是万展飞说道：“张韦博打‘大坟包’的主意不是一天两天的了。蒋介石下野那段时间，也是张韦博最倒霉的日子。人啊，很多时候都会狗急跳墙。张韦博看见孙殿英靠挖掘东陵起了势，于是就想到了卧牛村的大坟包。你知道，当时你们卧牛村还有一户外姓人家。”

“这个我晓得，我听我的老子说起过，几十年前就搬走了。咋走的，连我父亲都不晓得。说是趁着夜黑风高的一个晚上，一家人一样东西都没有拿，就搬走了。”

“他们不是搬走了，是被你的父亲和张韦博一起害了。”

“啥？你说啥？”张幺爷又站了起来。

“一家三口，惨遭灭门啊！”

“万神仙，你可不要血口喷人啊！我老子入土那么多年了，你到现在却给他头上弄了那么大的一个恶名，你让我咋想？”

万展飞叹了一口气，说：“卧牛村的事情，说起来其实很复杂的。你父亲是阴差的秘密传承人，这个事情如果他不说给张韦博知道，他也不会招来杀身之祸。卧牛村地底下的事情为什么一直以来不为外人知道，最终的原因就是有你父亲这样的阴差日夜监护，各种障眼法让普通人无法知道其中的暗道机关。你父亲千不该万不该做的事情，就是带着张韦博下到了卧牛村的地下，想开启那道神秘的石门。他死时的那种惨状，是毒蛊所致。”

“那你咋又说我父亲是被你害死的呢？你这不是故意把屎盆子往自己脑壳上扣吗？”张幺爷的态度有了些许的缓和。

“那种毒蛊我有解救的方子。你的父亲当时也来找过我，可是我没有给他开出方子，因为他已经泄露了天机，违背了他许下的承诺。我们都有承诺，谁也没有违背承诺的权利。所以，从这个层面说，你父亲的死和我也有一定的关系。”

万神仙说完这话，张幺爷顿时便释然了，他如释重负地说道：“万神仙，你把话说清楚我就明白是咋一回事了。如果我老子的死真是照你这么说的话，我张韦昌是不会对你有啥怨言的。俗话说‘冤有头债有主’，我老子的死和你没啥关系，我认了。既然他做了对不起人的事情，那就是报应。一是一二是二，一码是一码。”

万展飞看着张幺爷，说：“你跟你的父亲一样，也是个爽性子。可是你的父亲只走错了一步，结果却落得那样的下场。真是不应该啊！”

“也没啥该不该的，如果我老子真的做了你说的那种事情，他也算是咎由自取，自食其果。我真的不怨哪个，何况事情已经过去那么多年了。过去就过去了。但是，你刚才说的那个事情我倒是想要搞个清楚了。”张幺爷说这话的时候是用一种复杂的眼神看着万展飞的。

万展飞也一直看着张幺爷，说：“你也想搞清楚卧牛村地底下究竟隐藏着啥东西？”

张幺爷点头。

万展飞想了一下，说：“其实，卧牛村地底下究竟隐藏着啥东西，我也不清楚，我们只是执行着几千年传承下来的一条密约。我和你父亲一样，都是被筛选出来的阴差，只不过是各司其职罢了。不过现在看起来，卧牛村地底下隐藏了几千年的天机，已经开始泄露了。也许，这也是天意。”

“什么天意不天意的，我张韦昌可不相信这些。眼见为实耳听为虚，我觉得，我们是不是该真的下到卧牛村的下面去看看究竟是啥东西藏着掖着的。到现在，一村子的人都不见了，会不会就和下面藏着的你说的啥天机有关？”

“兴许真的和下面隐藏着的天机有关。既然人都到得那么齐了，我们也该下去看看究竟是怎么一回事了。”听万展飞这么说，张幺爷和张子恒都提起了精神。特别是张子恒，情不自禁地挺直了身子。

就连石营长也轻声嘀咕了句：“想不到还遇上大事情了。”

而余诗韵这时依旧紧闭着眼睛，脸上的表情却变得有些古怪。

13 神奇的石门

张幺爷朝佘诗韵走过去，说：“这佘女子，咋一直闭着眼睛，该不会这么坐着就睡过去了吧。”于是他凑在佘诗韵的耳朵边提高了声音喊道，“佘女子，佘女子，你把眼睛睁开了吧。”

佘诗韵纹丝不动。

张幺爷又将声音提高几分，刚喊了声：“佘女子……”话音还没有落尽，这时，一旁的静园老和尚却突然睁开眼睛，眼神变得异常古怪，让人看了不禁心生寒意。他目不转睛地直盯着佘诗韵。静园老和尚眼睛睁开的瞬间，另一种诡异的感觉也同时袭上每个人的心头，众人的心里都是一颤，才感觉到地厅里的光线不知道在什么时候突然暗淡下来，每个人的脸都变得模糊不清。

突然，佘诗韵浑身开始抽搐。张幺爷大惊，喊道：“佘女子，你究竟是咋啦？”

佘诗韵非但没有被张幺爷叫醒过来，反倒浑身抽搐得愈加厉害，紧接着，从她的喉咙间梦呓般地哆哆嗦嗦发出来几个极其不连贯的音符，若不仔细辨听，很难听出她说出的是什么：“我……我……看见见……了一堵墙……一……道……门……我——我……进……不……去——我——进——不——去——”

张幺爷大惊失色，焦急地说道：“这究竟是咋啦？佘女子莫不是中邪了？”

万展飞这时朝惊慌失措的张幺爷说道：“你不要慌张，也不要吵，她这是被一个梦境纠缠着。她已经被这段梦纠缠很久了，是让她从这场梦中挣脱出来的时候了。”

“梦里？什么梦里？她是在做梦？”

“每个人都会做梦。只是深浅不同，梦境不同罢了。”

“妹妹！妹妹！你怎么会这样？你怎么会这样？”佘诗韵这时又急切地喊道，她的身体抖动得愈加厉害了。

看到这样的情形，张幺爷愈加焦急，说：“那还不赶紧叫醒她？咋就像扯羊儿疯打摆子一样？没见过这样做梦的。”

这时，一旁的静园老和尚伸出手，抓住了佘诗韵的一只手，唱了一声佛号，缓声朝佘诗韵说道：“女施主休要慌张，老衲前来带你走出迷障吧！”

静园老和尚的声音浑沉苍劲，音量虽然不大，却可以感觉出声音充沛有力，就连地厅里的空气似乎也在他的声音中轻轻颤动。

佘诗韵的身体还真的在静园老和尚的这一声安抚里慢慢地平静下来，停止了抽搐，脸上惊惧的表情也逐渐恢复了常态。

“女施主，你看见了什么？”静园老和尚继续缓声朝闭着眼睛的佘诗韵问道。

“一道门，一道石门。”佘诗韵居然很清晰地回答着静园老和尚的话。

“你先不要睁开眼睛，也不要着急，更不要害怕，现在你看到的一切都是真的，你随老衲走一趟吧。”静园老和尚又说。

佘诗韵点头。

于是静园老和尚也闭上了眼睛。

人首蛇身的妹妹

佘诗韵跟着静园老和尚来到了一座寺庙前，看见寺庙的山门上分明写着“憬悟寺”三个大字。佘诗韵感到纳闷，她明明知道憬悟寺已经荒废破败了，怎么眼前的憬悟寺却依然完好无损呢？

“师父，憬悟寺不是已经荒废了吗？怎么又变成好好的了。”

“你眼前的憬悟寺是彼时的憬悟寺，你记住的憬悟寺是此时的憬悟寺。你随我来吧。”说着静园老和尚推开了沉重的山门。

山门打开，憬悟寺里寂静无声，如水的月光从天空浸润下来，给古朴森严的庙宇笼上了一层淡淡的清辉。

佘诗韵跟在静园老和尚的后面，禁不住四下里张望。

静园老和尚领着佘诗韵径自穿过一道简易的木结构长廊，长廊两边长着密密麻麻的藤蔓，藤蔓上挂满了大大小小的瓜果。有蛐蛐一长一短的叫声从藤蔓间或者草丛间此起彼伏地传来。这些蛐蛐的叫声非但没有将周遭的寂静打搅，反而将夜间的平静映衬得更加安详。

走进一间禅房，静园老和尚取过桌子上的青灯，出了禅房，带着佘诗韵又朝一条阴风阵阵的巷子走去……

佘诗韵跟在静园老和尚的后面，他手上的豆点光亮被巷子内的夜风吹得摇曳不定，随时都有熄灭的可能。巷子很黑，除了静园老和尚手里的青灯泛发出豆点微光，便是漆黑一片。在阴风阵阵里，可以嗅出久未有人来过的霉臭气息。

他们在巷子里七弯八拐走了很长的一段路，在一间破败的偏屋前停了下来。偏屋的一道木板门上有一把大铁锁，似乎很久未曾开动，已经生了一层厚厚的铁锈。

静园老和尚将手上的灯盏递给佘诗韵照着，从怀里掏出一把钥匙，将铁锁打开。

门“吱呀”一声推开了，在寂静的黑暗中，这样的声音显得既突兀又凄厉。

静园老和尚走进屋子，佘诗韵也跟了进去。静园老和尚再回身把木板门“吱呀”一声掩上，脸上的表情开始显得神秘兮兮起来。

借着微弱的灯光，可以看见屋子里堆满了杂七杂八的杂物，四周结满了落满灰尘的蛛网。

静园老和尚来到屋子靠里的一个角落里，面对着地上一块卧牛似的大青石念念有词，少顷，他俯身将大青石用力缓缓搬开，地上居然露出一个可以供人进出的大洞。

静园老和尚从佘诗韵手上接过青灯，说：“你随我来吧。”说着就一低身钻入了洞内。佘诗韵不假思索，也一猫腰，钻了进去。等佘诗韵钻进来后，静园老和尚按动了洞内旁边的一个机关，大青石又缓缓地移到原来的位置，将洞口掩上。

佘诗韵只觉得洞内阴气森森，冷风袭人。静园老和尚手上的豆点青灯摇曳得更加厉害。洞内光滑平坦，隐约透着一股血腥的味道。这条地洞似乎漫无尽头。一股股血腥的气息此时从洞内隐隐约约地发散出来，佘诗韵显得有点不大适应，有点头晕的感觉。

越往洞的深处走，洞内就愈加开阔，血腥的气息也愈加浓烈。

隐隐约约间，从洞内的深处传出一阵阵凄厉无比的声音。这声音时有时无，断断续续，听了让人毛骨悚然。

佘诗韵不知道静园老和尚要将她带到一个什么样的神秘地界里去，心里开始变得惴惴不安起来。好在她对静园老和尚充满了信任，所以没显出慌乱的神情。

终于，佘诗韵和静园老和尚在一道山门石前止步了。这是两道巨大的石门，石门上分别竖刻着“石门开”几个篆体的大字。佘诗韵立刻认出了这道石门，她情不自禁地轻声惊呼道：“就是这道石门，我刚才进不去的就是这道石门。但是上面的字我始终没有看清楚，恍恍惚惚的。”

静园老和尚没有理会佘诗韵说的话，而是站在石门前，审视着石门。

石门紧闭，没有开锁的痕迹，也没有推门的把手，门缝间和整个石门上已经生满了青苔，显然已经很久未曾开过。

静园老和尚俯下身，在门脚下寻找到打开石门的机关。石门发出轰隆隆的沉重声响，在佘诗韵的面前缓缓开启……

随着石门的打开，一股更加浓烈的血腥味扑面而来。

佘诗韵皱了皱眉头，跟着静园老和尚走了进去。

石门复又轰隆隆地缓缓合上。

静园老和尚从门后取过一支火把点上，洞内瞬间光亮了许多。

石门内的山洞俨然是非常宽敞的大厅。刚才听见的隐隐约约的凄厉声音此时变得清晰起来，这个声音此起彼伏地在大厅里回荡。

静园老和尚这时站在大厅里高声说道：“玉兰，你的姐姐看你来了。你出来见她一面吧！”凄厉的声音瞬间止息。大厅里显得异常沉寂。

过了好一会儿，大厅内依旧没有动静。

静园老和尚又用浑沉有力的声音说道：“玉兰，你的姐姐来看你来了，你出来见她一面吧！”

佘诗韵此时紧紧地盯着大厅底部墙角处的一个狭小的洞口，因为刚才的声音便是从那个洞口内传出的。

尽管佘诗韵已经做好了见到玉兰时的准备，但是此刻她的心依旧紧张得怦怦直跳。她不知道玉兰会以怎样的模样出现在她的眼前。这是一个冥冥中始终在她的梦境里出现的妹妹!

那个洞口还是没有任何声息。

静园老和尚又说道："玉兰啊！你的姐姐是因为你才从繁华的都市来到这里的。你的存在是纠缠着她的梦魇。难道你连见她一面的勇气也没有吗？你的姐姐之所以要从繁华的都市一个人来到这寂静荒芜的所在，为的是帮你洗清你前世犯下的孽债啊！玉兰啊，你还是出来见见她吧！"

大厅里依旧寂静一片。

终于，一阵窸窸窣窣的细微声音渐渐从洞口传出。静园老和尚给佘诗韵递了一个眼色。佘诗韵知道在她梦里无数次出现的玉兰就要出现在她的眼前了。佘诗韵紧张得快要窒息了，因为现实中的她是没有妹妹存在的。

尽管佘诗韵有充分的精神准备，但是当玉兰从洞口出来的时候，她还是目瞪口呆地大吃一惊。眼前的情形几乎让她无法接受！在佘诗韵的眼前，一条人首蛇身的异物从洞内缓缓地游移而出，那张清秀的脸庞不是和她的脸庞如出一辙吗？那张惨白的脸上透露出的表情，绝望中隐藏一股浓烈的阴邪之气。漆黑的嘴唇里，一条邪恶的芯子伸缩不定。庞大的蛇身朝着佘诗韵蜿蜒游移而来。

佘诗韵看着玉兰如此恐怖的样子，禁不住泪流满面……她不是害怕，而是发自心底涌出的一段悲伤。

玉兰的眼神里露出一种哀伤幽怨的神情。她慢慢地游移到佘诗韵的跟前，仰头看着她。佘诗韵缓缓地蹲下身，泪眼朦胧地轻轻抚摩着玉兰冰凉如水的脸，抽泣着说："你真的是冥冥中无数次出现在我梦中的亲妹妹吗？你怎么会变成这个模样？你究竟怎么了？你心里一定很难过，是吗？"

玉兰不能说话，佘诗韵的抚摸使她阴气森森的眼神里有了一丝暖意。

她只是朝佘诗韵仰着头，猩红的芯子不停地伸缩。

佘诗韵继续抚摸玉兰的脸庞，哭泣着说："玉兰，你一定很孤单很寂寞，是吗？你一定有很多话要对我说，是吗？"

玉兰的眼神变得愈加柔和起来。

"我一定会把你变回你原来的模样的。我们一起努力，好吗？"佘诗韵轻轻地哭泣着说。她的眼泪滴落在玉兰的脸上。玉兰似乎有了感应，她的眼睛里也闪过了一点泪光。

佘诗韵激动地回头望着一旁的静园老和尚说："玉兰会流泪了！她会哭了！"

静园老和尚缓声说道："她的泪泉早已经干涸了。你看见的，只是它收集到的草叶间的一点晨露。这一点点湿意是润浸不了她那早已经干裂的心灵的，她现在依旧处在一片混沌之中。她之所以愿意出来和你亲近，是因为她感应到了你的存在。这就是说，冥冥之中她的灵智依旧还在。"

"师父，要怎样才能将玉兰从这样的魔咒中解救出来？"佘诗韵悲伤地问。

静园老和尚摇摇头，说道："这个我也不知道。我能做的只是在这儿寸步不离地守着她，不让她蹿入尘世遗患人间。"

正说着，从洞内又陆陆续续蹿出三条巨型蟒蛇，这三条巨蟒呼呼地吐着芯子，不怀好意地朝静园老和尚和佘诗韵慢慢围拢过来。

静园老和尚这时说道："女施主小心了！"说完单手拂掌于胸，目光炯炯的，警惕地看着这三条巨蟒。

佘诗韵也站起来。她有些害怕了。

突然，玉兰扭头朝三条巨蟒"呼"地发出一声呵斥。三条巨蟒似受到了极大的惊吓，立刻蜷缩回身子，纷纷向洞内游移进去。

静园老和尚松了一口气，念了一声："阿弥陀佛。"

玉兰又回过头，定定地看着佘诗韵，眼神恍惚而迷离。

佘诗韵又轻声对玉兰说道："玉兰，你想起什么了吗？"玉兰依旧定定地看着她，眼神忧伤哀怨。

静园老和尚这时说道：“我们该走了。玉兰的脑子里现在非常混沌，如果让她过度地思考，只能使她混沌的脑子越来越乱，这样容易触发她心里的魔性，从而导致她疯狂。我们不能再打搅她了，就让她在这个黑暗的世界里静静待着吧。”

佘诗韵慢慢地转过身，在她回头依依不舍地再看一眼玉兰的瞬间，她发现玉兰的眼神重新变得阴森恐怖起来。

静园老和尚说道：“我们快走，她已经被我们惊扰了。”说完拉着佘诗韵加快了步伐。

这时玉兰已经朝他们尾随而来。

佘诗韵边走边说：“她真的会伤害我们吗？”

静园老和尚说：“玉兰的体内蕴集了太大的魔性，就连她也无法控制自己的。”

玉兰在后面尾随他们的速度越来越快。另外的三条巨蟒此刻也从洞内蹿了出来，紧紧地跟在后面。

静园老和尚这时停住脚步，将手中的火把插在洞内的一条石缝上，回身双手合十盘腿而坐，双目微闭，嘴里“嘤嘤嗡嗡”地念起了咒语。

玉兰在嘤嘤嗡嗡的咒语里停止了移动，她冲着静园老和尚“呼”地从嘴里喷出一股冷气，脸上的表情异常愤怒。

静园老和尚嘴里嘤嘤嗡嗡的咒语依旧不断。玉兰终于退却了，率领着另外三条巨蟒退回到了洞里。

洞内此时变得声息俱无。

静园老和尚重新睁开眼睛，站起来，取过火把，对呆立出神的佘诗韵说道：“我们走吧。静园老和尚的声音里透出几分无奈和颓废。

佘诗韵默默地跟在大师的后面，一声不吭。此刻她的心里非常难过。

等佘诗韵和静园老和尚一起睁开眼睛的时候，地厅里的光线愈加地暗淡起来，几乎到了分不清面部轮廓的地步。

佘诗韵定定地望着静园老和尚，静园老和尚也望着她。

“我怎么会在梦中有这么一个妹妹？”佘诗韵喃喃地问。

身旁的张幺爷见佘诗韵张开眼睛醒来了，正要开口喊她，却听她没头没脑地朝静园老和尚问出这么一句莫名其妙的话，很是纳闷，说：“咋又在梦里认出个妹妹来了。佘女子，你莫不是中了什么邪了吧？”

佘诗韵没有理会张幺爷，仍旧用执著的眼神望着静园老和尚。

静园老和尚沉吟半晌，终于缓缓说道：“女施主，其实你不是在梦中有一个妹妹，而是你真的有一个孪生妹妹。只不过在凡尘俗世间，你们各有各的遭际罢了。虽然，你在现实的镜像中从未与她有过任何交集，但是，在你尚未知觉的觉悟里，你是经常与她产生交集的，她也一样。所以，我才带你去了你本该去不了的地方。”

“你是说，我刚才看见的一切都是真的？”

“是真的。这事说起来话就长了，不过，现在还不是跟你说这个的时候。”

“那为什么她会变成那种模样？”

“阿——弥——陀——佛——这都是一场错误的结果。”静园老和尚说了这一句话之后就再也不做声了。

佘诗韵的眼中此时溢满了泪水。也许，出现的一切状况都超出了她的承受范围。

张幺爷在佘诗韵的旁边蹲下来，说：“佘女子，有啥伤心话给你干爹说说，看干爹能不能帮帮你。你刚才被那个老和尚放阳花，下阴了，是不是？”

佘诗韵摇头。

张幺爷却说：“你不要想麻你干爹。原先黄仙娘就会下阴，放阳花。好端端的一个人，只要喝了她画了符咒的水，就会像中了降头一样，下到阴间看到死过去的亲人老辈子。我看你刚才的样子就像是被老和尚下阴放阳花了。”

佘诗韵却说：“干爹，我看到的是真的。我有一个妹妹，她在一个暗无天日的地底下受苦。”

张幺爷还要啰啰唆唆地说话，这时一旁的万展飞终于说：“不该计较的就不要过多地去计较了，我们还有项重要的事情要做。今天，既然该来和不该来的人都凑到一块儿了，说什么都是一种冥冥中的安排。看起来，我真的该到卧牛村走一趟了。”

张幺爷听万展飞这么说，迷惑不解地说道：“你要到卧牛村走一走？你的双腿不是被造反派打断了吗？怎么走？”

“当然是让人背着我走。”万展飞突然呵呵地笑起来。

张子恒立马就明白这个事情该落到自己头上了，不由自主地挠起了后脑勺……

15 羌戈大战

这时，昏黑的空气里传来了一个人低沉的吟唱之声。众人顺着声音定睛看去，吟唱声却是站在暗处的日渥布吉发出的。

张幺爷好生奇怪，说道：“他这又是唱的哪一出？咋又出来一个神神道道的人？”

万展飞却说：“你仔细听完，他这唱的是一首打仗的诗歌——《羌戈大战》，也许，一切的谜团都将在卧牛村那个封土堆下被解开。传说中的戈基人或许真的没有走多远。”

“戈基人？咋又提到了戈基人？还羌戈大战？这是唱的哪一出啊？”张幺爷更迷糊了。

“这是一首没有文字记载，只在羌人的世辈中口口相传下来的史诗。能听到，就已经算是缘分了，你就好生地听吧。”万展飞说。

天上几波尔勒神，
向羌人戈人高声喊：

“羌人戈人齐听着，
双方不要再交战，
日补坝上停决斗，
让我为你们做裁判。”

大雪纷飞的日补坝，
羌戈双方各一边。
羌人首领白构跃马相待，
戈人首领格波整兵备战。

几波尔勒神走上前，
发给羌人白云石；
几波尔勒神来阵中，
发给戈人白雪团。

神人站高处，
用眼仔细看；
白构指挥羌人兵，
格波统率戈基人。

神人几波尔勒说：
“戈人先打羌人三雪团，
羌人再打戈人三云石，
然后两军再交战。”

格波用尽全身力，
打出手中三雪团，

雪团击中白构身，
四处飞雪溅。

戈人心中甚惊异，
个个跳跃人人喜，
认为初战很顺利，
全胜必然属自己。

神人夸奖戈基人，
说他英雄很出色。
戈人听后一阵欢，
龇牙咧嘴更轻敌。

白构出阵很沉着，
三块白石击戈人。
白石击中格波头，
头破满脸鲜血淋。

天神一声喊，
羌戈开了战，
白石雪团乱飞舞，
霎时天昏地也暗。

羌戈第一战，
羌人得胜凯歌还，
消灭无数戈基人，
鲜血洒满大雪山。

雪压日补坝，
羌戈再决战，
双方各准备，
神人做裁判。

几波尔勒神，
给戈人兵器——麻秆；
几波尔勒神，
给羌人兵器——藤条。

天神高处站，
用眼两方看：
羌人队整齐，
戈人队形严。

天神吩咐说：
“戈人先打羌人三鞭，
羌人再打戈人三鞭，
然后双方再交战。”

戈人先出阵，
手拿三麻秆，
对准羌人头，
用力击三鞭。

一鞭打去麻秆折，
二鞭打去麻秆断，

三鞭打去麻秆碎，
戈人阵上笑翻天。

神人又夸戈基人，
个个真是铁打汉。
戈基人人更得意，
昂首阔步团团转。

戈人自认有本事，
战胜羌人不甚难；
戈人兵丁齐欢跃，
张口嘻笑阵脚乱。

羌人出了阵，
藤条拿手边，
对准戈人头和脸，
打得戈人血满面。

神人一挥手，
羌人戈人开了战，
藤条对麻秆，
两军马嘶人又喊。

羌戈二次来交战，
羌人胜利抢了先，
打死戈基人不少，
鲜血染红大草原。

日补坝上风云变，
不久羌戈重开战，
神人又来作吩咐：
这是双方大决战。

几波尔勒神有主意，
战场设在牙衣山。
牙衣山上尽峭壁，
羌戈各自站一边。

羌人站岩左，
戈人岩右站。
羌人束带多英武，
戈人耸肩四面看。

几波尔勒神站岩边，
对着羌人戈人把话传：
“岩下是乐土，
岩下幸福园，
谁先到达岩脚下，
天下的牛羊归他管。”

羌人事先有准备，
一早藏在岩下边。
岩上设立草把人，
穿衣束带巧打扮。

神人走向羌人处，
一个一个往下掀，
然后探头岩下问：
“岩下生活欢不欢？”

羌人岩下忙答应：
“岩下生活好，
岩下花好看；
岩下甜果多，
岩下快活似神仙。”

天神回头望戈基：
“戈人快快赶，
赶在羌人前，
迟缓一步失乐园！”

羌人岩下欢，
戈人心不甘，
懵懵懂懂往下跳，
大部摔死岩下边。

自从这次决战后，
戈人无力再作战。
阿巴白构率羌人，
进驻格溜建家园。

戈人有流散，

逃亡山林间。
羌人林中设夹板，
香甜食物放中间。

戈人逃进林，
肚饿进夹板。
来了一个死一个，
来了两个齐完蛋。

戈人有流散，
逃亡山洞间。
羌兵四山细巡逻，
搜了岩洞又搜山。

从此牛羊不丢失，
万千羌人心喜欢；
从此四山不报警，
羌人老少享平安。

重建家园，
日补坝，宽又宽，
萱草长满山。
羌人战败戈基人，
欢欢喜喜建家园。

吹起牛角号，
号声洪亮多庄严；

敲起羊皮鼓，
鼓声咚咚震云天。

阿巴白构率羌人，
威风凛凛来草原。
十八大将前开路，
九个儿子跟后边。

羌人进驻格溜地，
建村筑寨扎营盘。
阿巴白构令羌兵，
上下九沟把寨安。

格溜本是戈人地，
柴多水足广出产。
十八大将驻隘口，
各沟各寨设栅栏。

格溜地方好，
绿水绕青山。
四山水草茂，
气候更温暖。

格溜地方三条河，
沿河尽是大草原。
大河上头九条沟，
沟沟翠绿山果甜。

阿巴白构心欢畅，
上对苍天表心愿。
白石台前设供物，
皮鼓声声祷上天：
“阿巴木比塔，
恩泽实无边。
木姐来引路，
尔玛人人欢！”

九沟里头砍木头，
九匹山梁背石片。
九沟清水调泥巴，
羌人重把碉楼建。

如乌山上采青石，
青石块块做墙面；
木西岭上砍铁杉，
铁杉做柱又锯板。

尼罗甲格万年椿，
香椿神木做栋梁；
锡普岩上炼白铁，
白铁火圈排用场。

羌人堡寨修好了，
白石神供在房顶上。
碉房密密围四周，

碉楼高耸好望。

阿巴白构住寨内，
日夜操劳百事管；
分派九子住九寨，
十八大将镇四边。

大儿合巴基，
进驻格溜大草原；
二儿洗查基，
进驻热兹花果山。

三儿楚门基，
进驻夸渣好山川；
四儿楚主基，
进驻波洗防敌犯。

五儿木勒基，
进驻兹巴开草山；
六儿格日基，
进驻喀苏把民安。

七儿固依基，
进驻尾尼辟草原；
八儿娃则基，
进驻罗和守边关。

九儿尔国基，
进驻巨达防戈人。
九子人人有驻地，
十八大将分守十八关。

阿巴白构管羌地，
六畜兴旺人心欢。
幸福时日想过去，
羌人欢乐谢上天。

大小首领来议事，
团团围坐火塘边。
阿巴白构心欢畅，
对着首领一一谈。

“大村自有根，
大河自有源。
我们不忘祭天事，
应该好好来盘算。”

牛羊羌地有，
杂酒容易办。
戈地肥猪产夷多，
肉嫩肥美味道鲜。

派人夷多去买猪，
沿途路遥很艰险。

阿巴白构派合巴，
夷多地方把猪赶。

大儿合巴基，
往返一月半；
夷多肥猪赶回了，
大小一共五十三。

大猪有千斤，
用来祭上天；
小猪送到各村寨，
要在羌地把种传。

牦牛杀了十二头，
白羊黑羊三十三，
千斤肥猪宰九头，
祭品供在白石前。

篝火烧了十八堆，
杂酒坛子摆中间。
羌人欢庆幸福日，
酒歌声中鼓喧天。

大树九枝丫，
枝枝叶长满。
羌地上下十八沟，
沟沟人旺畜满山。

大树从小芽长起，
大河汇集着滴滴清泉。
羌人能安居乐业，
是前人用血汗来换。

凭了祖先的智慧，
尔玛人的子孙才有今天；
凭了祖先的勇敢，
尔玛人的子孙才居住在岷江两岸。
歌声鼓声响彻云天，
祖先的功勋数不完。

当日渥布吉用很长的时间将这么宏大的一首史诗吟唱完毕之时，地厅里的光线几乎完全消失了，整个空间变得混沌不清，却似乎有一股很祥和的气流在慢慢地延伸。

所有人的内心都平静而且温和。

“瑞峰，你不是一直希望听到这首原汁原味的《羌戈大战》吗？现在日渥布吉把它原原本本地唱给你听了，你有什么想法吗？”

暗处的白瑞峰停顿了一下，才说：“我只能说史诗中所说的戈基人和现实中的戈基人是完全不同的。”

“你为什么这么说呢？”

“因为就是现在，就在这儿，我们的身边就有戈基人的后裔。”白瑞峰突然有些激动地说道。

“好！白瑞峰，你终于敢大胆地说出你的想法了。庹铮，掌灯！”万展飞突然一拍大腿说道。

“戈基人？我们的身边有戈基人？”

“谁是戈基人？”

"戈基人在哪儿？"

白瑞峰石破天惊的话就像一块石子投进了平静的水池子里，大家顿时就在地厅里议论开了。而一直在一个角落里没有出声的庹铮已经点亮了一盏马灯。

暗淡的光影里，庹铮英俊秀气的脸变得庄重肃穆。他举着马灯，用极其平静的声音一字一句地说道："我就是戈基人，那位姐姐也是戈基人。"庹铮的手指向了佘诗韵。

佘诗韵有点猝不及防，她慌张地站起来，用傻傻的眼神望着庹铮，双手捂在胸口上，喃喃地说道："我是戈基人？"

这时庹铮的眼中溢出了晶莹的泪花，他朝佘诗韵说："姐姐，我们就是被遗弃在这个世界里的戈基人。在这个世界里，就因为我们都长着一条羞于见人的尾巴，所以我们一直被边缘化，我们一直想回去……"

佘诗韵站起来，慢慢地走向庹铮，她显得很激动。

万展飞看了一眼白瑞峰，温和地说道："瑞峰，你是一句话点醒了梦中人啊！这么珍贵的一脉血统，却在这个世界里受到如此的欺辱，情何以堪啊！既然千载难逢的机会来了，这回，我们就一起使一把劲，看能不能把他们送回到那边的世界里去。这些流落异乡的孩子，这些被神性的世界遗弃的孩子，看着都让人心酸。"

白瑞峰点头说道："是到该送他们回去的时候了。既然打开那道大门的钥匙已经找到，他们应该是有机会的。只是落在邱仁峰他们手里的那四个孩子……"

"是啊！这四个孩子还真是让人头疼的事情。我只怕再耽搁下去，错过了时辰，就连庹铮他们也会失去这千载难逢的好机会啊！也不知道张子坤什么时候能够回来。"万展飞忧心忡忡地说。

白瑞峰却说："实在等不到张子坤的话，我们只有自己行动了。毕竟，机会是不等人的。"

"我也是这个意思。"万展飞说。

16 有炮火的大干部

没有月亮的隆冬之夜是寂寞荒凉的。当黑暗重新将世界彻底统治的时候，肆虐的北风便如狼似虎地嘶吼起来了。零星的雪花又开始稀稀疏疏地飘落。原本在白天还显得阳光明媚温情脉脉的冬天，在此时，又变得冷漠和尖刻了，而且铁青着脸!

卧牛村被这严寒的冬夜笼罩在一片死气沉沉的荒凉中。天空中沉沉的乌云将仅有的天光水色也遮挡了去，剩下的就只有涂了墨汁般的黑暗了。

张子恒背着万展飞跟着兆丰、张幺爷和日渥布吉等一行人在狭窄的田埂路上跌跌撞撞地急步走着。佘诗韵在后面协助着他。

静园老和尚和白瑞峰却在一个岔道口和他们分道扬镳，他们要先行一步回到憬悟寺。

尽管身上负载着一个人，可是此时张子恒的身体里却爆发出了惊人的能量，根本没有气喘吁吁的迹象。此时的他心里早就铆足了一股子劲儿，因为连日以来困扰着他和张幺爷的一个个谜团就要解开了。他太想知道卧牛村的地底下究竟隐藏着怎样的东西了。

世世代代生活在一场如梦似幻的迷局中且浑然不知，这对谁来说都是极其不公平的。

一行人来到村口之时，万展飞让大家停了下来，他们听见从村子里传来了人的喧哗声。

张幺爷感到纳闷，同时心里也滋生出一种震颤般的惊喜。

“莫非是村子里的老老少少都回来了？”张幺爷自言自语地说。

但紧接着，他的这种惊喜便被一阵石破天惊的叫骂声给彻底粉碎了。

“这还得了！这还得了！死了那么多人！哪个那么胆大妄为？连民兵也敢害！说，你究竟是哪一派的反革命？究竟是哪边派过来的奸细？”是冯蛋子的声音。

“糟糕！狗日的冯蛋子一定是把崔警卫给逮起来了。”张子恒说道。

石营长这时二话没说，疾步朝传出冯蛋子吼声的地方跑了过去。

“这个阴魂不散的东西，咋这个节骨眼上又是他来搅臊？”张幺爷愤愤地骂道。

“我们赶紧跟上石营长，别让他有什么闪失。”日渥布吉着急地说。

“怕啥！石营长和崔警卫都有炮火。要是石营长亮出了真章，只怕冯蛋子也只有磕头告饶的份儿了。”张幺爷说。而日渥布吉和兆丰已经快步地撵石营长去了。

张幺爷和背着万展飞的张子恒以及佘诗韵跟在后边。

阴森森的巷子里仍旧是泥泞不堪。巷子很黑，没有一丝光线。巷子口，几条野狗听见杂沓的脚步声，似乎受到了惊扰，鬼鬼祟祟的身影在黑暗中悄无声息地消失了。这是一群始终潜伏在卧牛村周围的幽灵，它们已经被饥饿折磨到了疯狂的边沿，血腥的气味又不断地引诱着它们，使得它们一直处在蠢蠢欲动的冲动中。

石营长他们三个人来到巷子口，并没有贸然而入。冯蛋子疯狂的叫嚣声从四婶家里闷雷般地传来。“说，你究竟是哪儿派来的反革命？说！”冯蛋子的话没有人回应。

“不说是不是？你不说是不是？不说就给老子吊起来，给老子用鞭子使劲抽！脱光了抽！”冯蛋子恶狠狠地吼道。

“莫非崔警卫真是被绑起来了？”日渥布吉担心起来。

石营长鼓了鼓腮帮子，大踏步地朝着四婶家里走去，泥泞在他铿锵有力的脚底下发出“嘎吱嘎吱”的声音。日渥布吉和兆丰也疾步跟上。

四婶家的门虚掩着，仅有的一线光亮是从那道侧门里斜射出来的。

石营长推开那扇木板门，木板门发出“咯吱”一声绵长声响。侧门口立刻有人警觉地问到：“哪个？”

石营长没有说话，对直走了进去。紧接着，黑暗中就传来拉动枪栓的声响。跟在石营长身后的兆丰已经从石营长的身边侧身冲了上去，只听见一阵轻微的响动，拉动枪栓的人已经被兆丰撂倒在地上。

轻微的响动惊动了侧门内的两个人，只见影影绰绰间，有两个人影从侧门内闪身出来，手里端着长长的步枪。兆丰和石营长刚要朝这两个人使出手段，这两个人却先大声喊了起来：“书记，赶紧，还有反革命……”

话音还没有落，石营长和兆丰已经分别朝两人使出了手段，那两个人甚至还没有弄明白是怎么回事，就已经被撂在了地上。

天井里的冯蛋子听见这两个人急促的喊声，撇下天井里的崔警卫，提着马灯率人从天井冲了过来，涌到侧门口，正看见兆丰和石营长分别制伏了地上的两个民兵。

领头的冯蛋子并没有从侧门里贸然跨出来，他认识兆丰，却不认识石营长和日渥布吉。他脸上的表情既紧张又惊讶。冯蛋子吃过兆丰的哑巴亏，这当儿看见兆丰，顿时有种仇人见面分外眼红的意思，一股复仇的欲火“呼”的一声就在他狭隘憋屈的空间里着了起来。

当他看见兆丰他们都是赤手空拳制伏住地上的民兵时，突然转过身，朝他身后的民兵歇斯底里地大声喊道：“当真有反革命！当真有反革命！给老子拿炮火打！用炮火打！”随着冯蛋子一声令下，只见在侧门的门框两侧，立刻就出现了几支黑洞洞的步枪的枪口。枪口分别对着兆丰和石营长以及日渥布吉。

就在几支步枪要扣动扳机的一瞬间，只听见张幺爷在外边大声喊起来："打不得！打不得！冯蛋子，你狗日的要犯大错误的！你打的是大干部！是抗美援朝下来的南下干部！"张幺爷边说边疯了似的从外面跑进来，几步跑到兆丰和石营长他们的面前，用身体掩护住了兆丰他们。

冯蛋子听见张幺爷的喊声先是打了一个愣神，紧接着又看见张幺爷三步并作两步地跑进来，脑子里一时间有点转不过弯来，下意识地朝端着枪的民兵喊道："等一下！"

张幺爷呼呼直喘地盯着冯蛋子，冯蛋子也盯着张幺爷看。

张幺爷扯风箱般地狠狠喘了几口气才朝冯蛋子说道："幸亏老子脚跟脚地撵进来了，要不是啊……你狗日的冯蛋子就犯大错误了……你就是有……有九条命也不够抵的！"说完又喘。

冯蛋子摸了摸锃光瓦亮的脑袋，被张幺爷的话搞得有点莫名其妙了，说："大干部？哪个是大干部？"

张幺爷一指石营长说道："他！他就是大干部！身上还有炮——炮火！"

"好大的干部？身上还有炮火？"冯蛋子不信。

"人家是营长！真资格的营长！抗美援朝下来的！南下干部！"张幺爷又把声音提高了说。

"营长？哪儿来的营长？老子不信！"冯蛋子接着骂了一句很难听的话。

张幺爷见冯蛋子始终不信他的话，就转过头朝石营长说："石营长，把你的炮火亮给这个瓜娃子看一下。这个瓜娃子弄死都不信我的话。门缝缝里头看人……"

石营长放开了手底下一直被他制伏的民兵，站直了身子，理了理中山装的衣摆，一种职业军人的气质便有意无意地显露了出来。冯蛋子眼尖，在石营长抬手理衣领的时候，他已经看见了石营长腰间露出的手枪枪套，于是眼睛开始亮了，脸上的表情也发生了变化。

“张韦昌，你真的没有骗老子？他真是营长？南下干部？”

“我骗你个锤子！你娃娃绑的那个年轻人是人家的警卫员！你狗日的胆子也太大了，连南下干部的警卫员也敢绑了。这回你娃娃是说得脱走得脱，看你狗日的咋下台！”

冯蛋子脸上的肌肉情不自禁地抖动了几下，表情开始朝着巴结讨好的趋势发展了。他朝仍旧端着枪的民兵们大声喊道：“给老子把枪放下，端起吓哪个？一个个瓜眉日眼的！”

民兵收了枪，冯蛋子从侧门里跨了出来，伸出手要和石营长握手。

石营长对冯蛋子已经有了成见，理也没有理会冯蛋子，更没有要和冯蛋子握手的意思，背着手，径自走进侧门，朝小天井里走。

冯蛋子就尴尬在原地，傻眼了。

17 调皮的小龙

崔警卫被五花大绑在地上，看见石营长走进来，倔犟的脸上表情复杂。

石营长气呼呼地朝崔警卫骂道：“你个没用的！尽给老子丢脸！这几个人都搞不定，还特务连下来的？”崔警卫也不辩解，看着石营长，脸上居然憨憨地笑了。

石营长于是回过头，大声喊道：“哪个绑的？”

屁颠屁颠跟进来的冯蛋子满脸堆笑地上来，用一副讨好卖乖的谄媚表情对石营长说：“大……大干部，实在是大水冲了龙王庙，一家人不认识一家人了。”

石营长并不买冯蛋子的账，横着眉毛朝冯蛋子大声说道：“哪个跟你是一家人？你少跟老子在这儿套近乎！老子不吃这一套！赶紧去给老子把人松开！”

冯蛋子不敢怠慢，立刻上去给崔警卫松绑。崔警卫站起来，甩了两下被绑得有些麻木的手。

石营长皱了下眉头，说道：“咋就被这伙人绑成缠丝兔一样了？丢不丢人？”

崔警卫笑了笑，露出一口整齐洁白的牙齿，说：“我正打瞌睡呢！被他们摸进来一棒子先敲晕了。”

石营长便转过头，看着冯蛋子，说：“嘿！还晓得搞突然袭击了？哪儿学来的？”

冯蛋子腿肚子发软，嘿嘿讪笑着说：“我们也没咋下重手，要下重手，他的脑壳已经开花了。我们是听见这天井里有人打呼噜，就摸进来，看见他了。其实这事说来说去都是个误会，谁叫我们在后面那片竹林子里发现了两三具血淋淋的尸首呢，所以……”

“所以就不分青红皂白地把老子的人先敲晕了，然后再上手段？”

“我们不是也不想放过一个坏人，更不想冤枉一个好人吗？您是不知道，大首长，今天卧牛村的情形诡异得很。我们是想趁着天黑来逮张幺爷和张子恒的，没想到院子里清风雅静的，一个鬼影子都没有。绕到后面的竹林子里，看见血淋淋的好几个人的尸首，是大队民兵的尸首，吴章奎带的那几个人。好吓人哦！”

“这个事情我们早就晓得了。”石营长说。

“啥？你们早就晓得了？”冯蛋子的眼睛瞪得大大的。

“不光竹林子里有几个人的尸首，那间柴草房子里还有四五具尸首。”石营长又说。

“还有四五具尸首？”冯蛋子的喉咙管都硬了，说话变得有点囫囵不清，眼珠子更是要凸出来一般地看着石营长。

“你进去看看就晓得了。崔警卫就是被我们安排在这儿守这几具尸首的，怕这几具尸首又被野狗拖出去吃咯。”

冯蛋子的腿肚子开始晃悠起来了，喃喃说道：“莫不是这院子里真的来了一帮土匪棒老二了？”边说还边朝那道柴房走过去。走了两步，又回过头朝战战兢兢站在原地没有动弹的提着马灯的民兵恶声喊道：“你还死站着做啥子？赶紧照亮过来。都给老子一起进去看！”

听了冯蛋子的叫骂，一伙人面面相觑了一下，还是跟着冯蛋子走进了柴房。

门随着“吱呀”声被慢慢推开了一道缝。提着马灯的人手在哆嗦，冯蛋子用巴掌使劲掴了一把那人的后脑勺，从他的手里取过马灯，然后从门缝里伸了进去。突然，门缝里发出“嗤”的一声轻响，一股带着腥味的冷风便从门缝里刮了出来。冯蛋子打了一个激灵，后脊梁起了一股冷飕飕的凉意。

“啥妖风，那么腥臭？”冯蛋子低声道。

“那声音也不对劲。”身后的一个民兵哆嗦着声音说。

“啥不对劲？多半是大耗子发出的声音。你娃娃的胆子咋跟烟米子一样大了？”冯蛋子嗤之以鼻地说，边说边把门推开了一半。

就在冯蛋子准备跨入柴房的时候，只觉得一道更加有劲道的冷风呼的一声从柴房内破门而出，一道青幽幽的影子在门口“嗖”地晃了一下。跟在冯蛋子身后的民兵们尚且没有明白过来是怎么回事，只听见冯蛋子发出“啊”的一声惊叫，人呼的一声就被什么东西拖进了柴房内，马灯“啪”的一声掉在了地上。

民兵们发出一声肝胆俱裂般的惊呼，出于本能呼啦一下子争先恐后作鸟兽散地退到了天井里。这些平常狐假虎威惯了的愣头青门，一个个呆若木鸡地看着石营长他们。

石营长和张幺爷以及日渥布吉他们也不明白是怎么一回事。石营长和日渥布吉率先朝柴房的门口两个箭步就射了过去。

掉在地上的马灯的玻璃罩子被摔碎了，煤油洒了一地，火焰正顺着地上浸透了煤油的稻草开始肆虐开来，柴房里的景象顿时变得飘摇迷离起来。

只见一条青色的巨蟒将冯蛋子盘卷了个结结实实，他的整个身子都淹没在了巨蟒盘踞着的身体里，只剩下一颗脑袋露在外边。

此时的冯蛋子面如死灰，一双暴突出的眼珠里全是绝望的神情，他朝门口的石营长和日渥布吉艰难地喊道：“救——救我——”

那些作鸟兽散的民兵此时也壮着胆子再次跟在石营长和日渥布吉的身后重新聚集在了柴房的门口，当看见柴房里的景象之时，一个个的身子都僵在了原地。

巨蟒的身子在继续团缩盘踞抽紧。冯蛋子的脑袋眼看着也要被淹没在了里边。突然，巨蟒扬起邪恶的脑袋，张开了血盆大口，眼看就要朝着冯蛋子的脑袋上一口咬下去。

这时，只听见众人的身后发出了一声清脆的呵斥声。巨蟒张开的血盆大口在这一声呵斥声里定在了半途中，就像被谁施了定身法。只见佘诗韵分开门口的众人，婀娜的身影走进柴房，径自走到巨蟒的跟前，伸出手，在巨蟒的头顶上摸了摸，说：“小龙别调皮了，走开。”

小龙果然松开了盘踞着的身子，冯蛋子的身体就像一堆烂泥从小龙的身体里滑了出来，扑通一声就栽倒在地上。

小龙朝门口游移了过来。呆在门口的民兵们见大事不妙，大喊了一声：“妈呀！”屁滚尿流地溃逃开了。

小龙青幽幽滑溜溜的身子优哉游哉地翻过门槛，消失在黑暗的天井里。

石营长和日渥布吉这才走进柴房，将已经开始顺着稻草肆虐的火焰拢在一起。

滑倒在地上的冯蛋子仍旧圆睁着眼睛，定定地看着柴房里的某一处地方，一眨不眨的，喉咙里也不知道是在吸气还是在呼气，只发出一阵“咕咕”的怪异声响。

张幺爷这时走进柴房，看见软塌塌躺在地上的冯蛋子这副模样，呵呵地笑起来，他走上去，把冯蛋子扶起来，使劲在冯蛋子的背上捶了两拳。冯蛋子咳嗽了两声，总算是缓过气来了，他一把抓住张幺爷的衣领恶狠狠地问道：“你是不是早就晓得这里头有这个东西，故意让老子进来送死的？”

张幺爷没想到冯蛋子翻脸会这么快，心里有了火气，他鼓了下腮帮子，用手去掰冯蛋子死死抓住衣领的手。但是冯蛋子的手抓得太紧，张幺爷一时半会儿没有掰开。

“松手！”张幺爷不耐烦地说。

“不松。说！是不是？”

“老子喊你松手！”

“是不是？”

“松手！”

“说！”

“我说个屁！”张幺爷终于动了粗，使劲挣扎起来，一脚踹在冯蛋子的腰杆上。因为用力过大，衣领的扣子被冯蛋子拽落了。张幺爷边整了整被扯得敞开的衣襟边骂道：“狗日的，狗咬吕洞宾不识好人心！翻脸比婆娘家还快！”

被张幺爷踹了一脚的冯蛋子居然索性躺在地上一动不动了，眼睛死鱼一般地盯着黑漆漆的屋顶。

18 神秘的联络人

外边的人这时也前后簇拥着进了柴房。因为他们是眼睁睁地看着小龙从这里优哉游哉地滑出去的，于是，此时柴房又成了最安全的地方。

柴草堆里若隐若现地露出几具尸首的腿脚，虽然阴森气氛中还透露着诡异，但因为人多的缘故，倒并不怎么显得恐怖。

几个民兵想挤到前面，看见阴沉着脸的石营长，心里又怯了，战战兢兢地站在后面，随手把木板门“啪”的一声关上，心里总算是踏实了些。

这时，地上的冯蛋子却“呜呜”地轻声哭起来，哽咽着自言自语道：“不清不楚地死了那么多人，上头追究起来我咋交代？我咋交代嘛？”

石营长低头看了一眼冯蛋子，一脸的轻蔑表情。

“张韦昌，你去把柴草刨开，是不是那堆黄金出事了？”一直被张子恒背着的万展飞这时说。

“你咋晓得这间屋子里头有黄金？”张幺爷立刻回头盯着万展飞大惊小怪地问。

“你先别问那么多，先把那个洞刨开再说。”万展飞用命令的口吻朝张幺爷说道。

正“呜呜”躺在地上抽泣着的冯蛋子听了万展飞和张幺爷的对话，也突然停止了哭泣，翻身从地上坐起来，连眼圈边的泪水也来不及抹，问道：“黄金？这间屋子里有黄金？”

张幺爷却不耐烦地朝冯蛋子说道：“是有黄金，但是已经不见了，飞了。黄金是晓得自己走路的。”

“不见了？”张子恒背上的万展飞惊异地说道。

“是不见了，万神仙。一堆黄金已经被国民党的一伙烂杆子部队搬跑了。石营长他们下去看了，啥子都没有了，连那堆炮火都不见了。这些死人也是他们拉的命债。”

坐在地上的冯蛋子听了张幺爷的话，就像白痴般地望着张幺爷，眼睛睁得如铃铛。

万展飞却说道：“如果真是这伙人干的，他们应该没有走远，如果追的话，估计还能追得上。”

石营长这时却说：“就是追上了又能怎么样？我们没有人手啊！”

“啥没有人手？我们不是人手吗？这些民兵个个手里不是也有炮火吗？”张幺爷情绪有点高涨地说。

石营长却笑了下，朝张幺爷说道：“就这几个人手里的破枪？你知道我们面对的是啥样子的一群人吗？杀人不眨眼的畜牲！”

“那咋整？眼睁睁地看着这伙人把那么值钱的东西抢走？况且小杨子还在他们手上呢。”

石营长挠了挠后脑勺，没有言声。屋子里变得沉默了。冯蛋子和几个民兵傻子一般看看这个又看看那个，就像被绕进了迷魂阵里。

突然，柴房的外边传来几声轻微的敲门声。这声音虽然轻微，但却格外清晰。

“哪个？”张幺爷首先警觉地问。

“是张幺爷回来了啊？赶紧开下门。”外面的人说。

张幺爷顿时就惊了，没听出外边人的声音是谁，但是外边的人却一下子听出了他的声音。

“你是哪个？”张幺爷警惕地问道。

“我，吴显涛。”外边的人说。

“咋会是他？”张幺爷疑惑地说道。

一个民兵已经把木板门“吱呀”一声打开了。

站在门外的果然是吴显涛。当他看见屋子里黑压压地挤满了人时，也愣了一下，但还是快步跨了进来。

地上的冯蛋子看见吴显涛进来，似乎一下子有了底气，从地上站起来，朝吴显涛说道：“吴医官，你们章奎多半出事了。”

“我晓得。章奎现在就在他们手上，我一直跟在他们后边的。我就是回来搬救兵的。”吴显涛说。

“啥？你一直跟着那伙人？”张幺爷眼睛瞪大了问。

“我的章奎在他们手上，我不跟着咋得了？”吴显涛的样子显得有几分着急。

“吴医官，你看到这伙人有好多人？”冯蛋子问。

“好几十号人。手上都是真家伙。美式卡宾枪，连发的那种。”吴显涛说。

冯蛋子有点怯场了，挠起了锃光瓦亮的头皮。

石营长却不动声色地看着吴显涛。

张幺爷对实力上的悬殊没有啥具体的概念，心里只惦记着白晓杨和那一堆黄金，于是朝吴医官问道：“吴医官，你倒是脚跟脚地回来搬救兵了。那伙人现在究竟在哪儿躲起的嘛？”

“就在那片老林子里。”

“啥？就在老林子里？”张幺爷吃惊不小。

“这么说这伙人真的还没有走好远？”张幺爷又说。

“他们好像也遇到啥麻烦了，我不敢跟得太近，怕被他们发现。那伙人警觉得很。”吴显涛又说。

张幺爷有点激动起来，朝万展下说道：“万神仙，这个事情你得赶紧拿主张了。耽搁了怕就撵不上了。”

张子恒背上的万展飞这时却朝张子恒说道：“放我下来。”

张幺爷一听，手脚麻利地抱了一捧稻草铺到地上。张子恒把万展飞放到了稻草上。

万展飞的眼神这时变得深邃复杂，他看着吴显涛，脸上的表情平静得就像饮牛池的池水，在朦胧水雾间透露出一丝神秘的气息。“吴显涛，”万展飞平静地说道，“你儿子怎么会落在那伙人的手上？莫非他们到卧牛村来也是无事不登三宝殿？”

还没等吴显涛开口说话，冯蛋子却抢在吴显涛的前头说话了：“这个事情要怪我，我得在吴医官面前当面检讨一下。是我叫吴章奎先带七八个人来打前站的。我还让他们悄悄进村子先把要逮的人看住了，等我带的人到了一起动手。”

吴显涛却白了冯蛋子一眼，似乎对假聪明的冯蛋子怀着一股怨恨之意。

万展飞听着冯蛋子的解释，眼睛却一直盯着吴显涛。吴显涛被万展飞盯得有些不自然，有几分讪笑地说：“不怕老神仙笑话。我这辈子最失败的就是养了这么一个不肖子，自小就被惯坏了，到处给我惹是生非的。因为他，我都不晓得被邻里乡亲指着脊背骨骂了好多。唉！毕竟血浓于水，章奎这孩子就是再不听话，也终归是我的儿子，看着他落难，我说啥子也得救他啊！”

听吴显涛说得这么诚恳，张幺爷接口说道：“这话倒是实话。打断骨头连着筋，更何况你们还是俩爷子，是该救。”

听张幺爷这么一说，万展飞的神情突然缓和了下来，呵呵地朝张幺爷笑道：“既然张韦昌都这么说了，那张韦昌，你说怎么去救，还有你的干闺女——我的小杨子。”

张幺爷听万展飞这么说，立刻就来了精神，底气也一下子上来了，有点自信满满地说道：“要我说啊，我们这就上老林子，分四面包抄，把这伙龟儿子围了再想办法。怎么样？”

张幺爷不知天高地厚的话弄得张子恒一阵脸红，他从背后拉了一把张幺爷说道：“幺爷，你别鼻流口水地冒充老鬼，人家石营长他们还没有说话，你倒在这先献起宝来了。”

张幺爷却老练地说道：“我啥子鼻流口水冒充老鬼？我只是说下我的看法，办法是靠大家想出来的嘛，是不是，万神仙？”

万神仙没有理会张幺爷，似笑非笑地看着石营长。

石营长见万展飞看着他，说：“都看着我，我也没有办法。现在我都是光杆司令，我就是有天大的本事，也没有办法的。”

万展飞这时又把目光调向了吴显涛，说：“按说这伙人拿到他们想要的东西早该上路走人了，咋会在老林子里躲起来了？这有点不合常理吧？”

吴显涛说：“我也觉得好奇怪。我也是偷偷摸摸跟进老林子里的，不过今天怪得很，老林子里雾蒙蒙的，看不到好远。我平常没事也喜欢到那片老林子里转悠的，还从来没有碰到过老林子里起雾的事情。”

“你平常喜欢到那片老林子里转悠？”万展飞盯着吴显涛问道。

吴显涛脸上的表情极其老练，但是他的眼睛里却闪过一丝常人极难发现的奇异光芒，而这道眼神却被万展飞牢牢地捕捉到了。可是万展飞却没有露出丝毫的声色。

吴显涛似乎感觉自己说漏了什么，又补充似的说道：“我平常要到处采草药。有种做药引子的草药，只有那片老林子里有，所以我就经常去那片老林子。”

张幺爷的好奇心又起来了，说：“哦，老林子里还有那么宝贝的药引子？啥药引子？灵芝仙草吗？”

吴显涛呵呵笑道：“张幺爷，这是我们医家的秘方子，我就不好给你说得太明白了吧？”

张幺爷自作聪明地频频点头，说道：“我晓得，我晓得。这是你们的行规。我多嘴了，多嘴了。”

这时，万展飞的眼神突然变得凌厉起来，瞳孔里就像有两道穿刺力极强的寒光，直直地射向吴显涛的瞳孔，他将声音提高了几分说道：“恐怕你去找的不是什么药引子吧？”

吴显涛被万展飞的眼神刺得躲闪起来，他游移着眼神朝万展飞笑道：“我不知道老神仙说这话是什么意思？”

万展飞沉吟半晌，声音迟缓但极其有力地说道：“其实你应该比我更清楚。有些事情我就不好说明了吧？你吴医官一向也是把脸面看得比命重的人。”

听万展飞话里有话，屋子里的人都满脸疑惑地看着吴显涛。因为从万展飞的话里可以感觉出，吴显涛似乎在大家面前隐瞒了什么见不得人的事情。

吴显涛见大家都把眼光盯在他的身上，于是讪笑了一下，朝万展飞说道：“老神仙说的话我还是不大明白，好像我吴显涛背着大家做了啥子不光明磊落的事情？”

万展飞似笑非笑地看着吴显涛，说：“如果我没有猜错的话，是你拿走了那两个红宝石！”

“红宝石？”张幺爷和张子恒他们都同时惊呼了一声，连石营长也一眨不眨地盯着吴显涛了。

吴显涛继续朝万展飞讪笑道：“老神仙，我还是不咋听得懂你的意思。老林子里怎么会有红宝石？”

万展飞仍旧不愠不火地说道：“真人面前何必说假话。我的意思是——你如果拿了，就物归原主地放回去。那两颗宝石是有灵性的物件儿，是动不得的。”

“我咋从来没有听说过老林子里有这东西？咋越整越玄了？”张幺爷

又接嘴说道。

吴显涛却朝万展飞继续解释道：“老神仙，你也许真的误会了。我是真的没有拿你说的什么红宝石。”

万展飞盯着吴显涛的眼睛，说：“你敢保证你说的话是真心话？”

“我绝对敢保证。”

万展飞眼睛里的光彩就像缺油的煤油灯一般暗淡下来，说：“既然你不承认，我也不会强迫你承认。如果你真的没有拿那两颗红宝石，那么，那两颗宝石的失踪就一定是天意了。”

听万展飞这么说，张幺爷的好奇心丝毫没减，反而愈加地重了。他朝万展飞刨根究底地问道：“万神仙，老林子里究竟啥时候有宝石的，还是红的？”

“就是那个被炸雷劈开的鬼门关里。那是灵蛇的两颗眼珠子。灵蛇没有了眼珠子，它还能动吗？”万展飞说道。

张幺爷恍若做梦，喃喃说道：“乖乖，老子活了大半辈子，咋就不晓得我们张家祖祖辈辈住的地底下还埋了这么多宝贝啊！”

19 有一股隐痛无法表达

万展飞这时又把目光朝向了吴显涛，说：“吴医官，你的背景很好啊，这样的年辰，你的成分怎么会这么好？”

吴显涛呵呵笑道：“我就是运气好点。中央有一个我原来认识的老首长，他给了我一张护身符，所以我的成分才没有划那么高的。”

万展飞点头说：“我原来就晓得你那张护身符的事情，所以才说你背景好的。”

张幺爷听得有点云遮雾罩了，说：“咋又扯上护身符的事情了？现在谁还敢信这些封建迷信的东西啊？黄仙娘就是因为下阴画符的事情才被逼得上吊的。你们还提这个事情不怕遭逮起来啊？”

万展飞却不理会张幺爷的疑问，而是朝吴显涛说道：“你来搬救兵去救你的儿子，我现在可以这么跟你说，你的儿子我们现在还真的不能去救。不是不想帮你救你的儿子，而是我们现在的人手根本就做不了这个事情。我们要等的人手还没有到齐。不过，老林子我们还是要去，而且要马上去。”

吴显涛似乎没有听明白万展飞的话，说：“老神仙的意思我咋有些听不懂了。”

“老林子里不能再出事情了，打开的鬼门关得真正地关上了。从死门里放出来的那些东西，也该重新收回去了。”万展飞说。

“鬼门关？死门？”吴显涛一头雾水。

张幺爷一直把眼睛瞪得大大的，有些着急地说：“那就是小白也暂时不救了？可是小白现在明明就在他们手上，而且就在我们眼皮子底下的老林子里啊！”

万展飞却说：“张韦昌，你这是咸吃萝卜淡操心了。这阵子小杨子在他们手上是最安全的，她不会有事的。”

“那伙人，个个凶神恶煞的。咋个说得清楚哦！”张幺爷急得捶胸顿足了。

万展飞却不再理会张幺爷，继续朝吴显涛说道：“那么，吴医官，你能不能跟我去一趟老林子？“

“当然可以。”吴显涛当仁不让地说道。

于是万展飞朝兆丰说道：“兆丰，你就在这儿陪着另外的人。记住，我们没有回来之前，这儿的任何一个人都不能走出卧牛村半步。我和日渥布吉、吴医官还有张子恒到老林子走一趟。”

张子恒一听万展飞点到自己，很是出乎意料，失声说道：“我也要去啊？”

见张子恒如此失态，张幺爷感到颜面扫，说道：“叫你去你就去，别狗日的一副屁滚尿流的样子。还是不是男人家？我倒是想去，人家万神仙还瞧不上我呢！”

万展飞朝张子恒呵呵笑道：“我叫上你是要你来背我。我是腿脚不方便，要不然也不会为难你的。”

张子恒一副懊恼的样子，不说话了。

万展飞又调过头朝一直在一旁没有出声的佘诗韵说道：“对了，还把一个顶顶关键的人给忘了。你也一起去，把你的那条小龙也带上，是该它派上用场的时候了。”

见万展飞点到自己，佘诗韵的脸上洋溢出一股兴奋的表情，说：“还要带上我的小龙啊？”

万展飞呵呵笑道：“必须带上你的小龙，到时候它可是主角呢！”

张幺爷也立刻兴奋起来：“这下不就啥子事情都解决了？那么大一条蟒蛇跟着，那伙龟儿子，不被吓死才怪！呵呵……”

张子恒私底下很不屑地冷眼看了看张幺爷，撇了撇嘴。

“张韦昌，我们带上小龙可不是让它去祸害人的。”万展飞说。

兆丰这时却说：“师傅，还是让我跟着照顾你吧。”

万展飞说：“你就不用担心我了，这儿也要人照顾。记住，如果我过了中午还没有从老林子里回来，你们就可以离开卧牛村了，带上张幺爷和石营长他们回到那个地厅里去，千万不要想着到老林子里来找我们。这个你要切记！”

听了万展飞的话，兆丰也不作过多的争辩，站在一旁不做声了。

张幺爷却听出了一些问题，说：“万神仙，是不是当真有那么凶险？要是真的有那么凶险，干脆我们就一起进去。人多力量大嘛！”

万展飞呵呵笑起来：“张韦昌，什么人多力量大？这简直就是放屁的话嘛！人多罪恶大还差不多！你看现在的人哪个不是在作孽？龙多不治水的老话你听说过没有？”

张幺爷不好意思地小声说道：“难怪你要遭批斗，说话是有点反动。呵呵……”

冯蛋子这时也来了精神，主动朝万展飞说道：“其实张幺爷说的话也不是没有道理的。我带的这几个民兵，说不定到时候还能起点作用。”

那几个民兵一见冯蛋子主动请缨，立刻朝冯蛋子叫起来：“冯书记，我们可不敢去哈。你只是叫我们来逮张韦昌的，又没叫我们去跟那伙人打仗！”

冯蛋子刚要朝身后的民兵骂，万展飞呵呵笑道：“你看，带这些人去有用吗？”

冯蛋子泄气了。其实他心里惦记的是张幺爷他们嘴里说的那堆诱人的黄金和那两颗红宝石。

“好了，废话不多说了。我们走吧。”万展飞说。

张子恒无奈，只好蹲下身，把万展飞背到背上。张幺爷不放心地朝张子恒吩咐道：“子恒，你可得把万神仙背稳当了，路上溜溜滑滑的，你可得走把细点。”

张子恒没好气地回应道：“我晓得。咋越老越啰唆。”

对张子恒的愤愤不平，张幺爷也没有了脾气，看着张子恒的眼神也是眼巴巴的，眼圈里湿漉漉的了。其实张幺爷的心里已经预感到了，老林子里也许会出大事情。万展飞刚才说话的口气越是平静，背后隐藏的风险也就越大，也许这就是看张子恒最后的一眼了。想到这儿，张幺爷心里涌起的那股隐痛无法言表。

看着张子恒背着万展飞朝小天井里走，张幺爷脚跟脚地撵出去，在后面说：“子恒啊！幺爷没在你身边，凡事要多长个心眼，灵性点，晓得不？”

张子恒已经懒得理会张幺爷的啰唆，闷声不响地径自走出了天井。张幺爷没有再继续撵出去，而是站在天井当中，整个人都木在那儿了。

天已经大亮了起来……

20 浓雾中的诡异事物

刀棱子一般狭窄的田坎路上，吴显涛走在最前面，张子恒背着万展飞跟在后面，紧接着的就是佘诗韵和日渥布吉。那条被唤做小龙的巨蟒不知道什么时候从什么神秘的地方又钻了出来，青幽幽的身子在离田坎小路十来米的距离不紧不慢地游移着，始终和佘诗韵他们这几个人保持着若即若离的距离。

小龙粗实的身影在麦苗和油菜地里游动时很是醒目。

刚才黑子撵到院子边就停住了步子，也许是小龙的出现让它却步了。黑子瘦骨嶙峋的身子骨显得很是孤单，黑黝黝的一双狗眼直直地目送着张子恒，喉咙间发出依依不舍的低低的呜呜声。

夜间飘零的零星雪花停止了，阴冷的北风也销声匿迹，浅薄的云层后面露出一丝阳光的亮色，却并没有给被严冬包裹着的世界带来丝毫暖意，田野四周的空气仍旧阴晦冷清。麦苗刚抽出一两寸的芽，露出浅浅的绿，不能遮盖住灰黑色的泥土痕迹，有点缺乏生机。油菜墨绿色的叶子在一次又一次的严霜覆盖下，显得愈加肥厚坚韧。

空旷的四野寂静无声。

密不透风的老林子出现在眼前时，万展飞还是不由得感到心惊。沉郁的荆竹林把那一方天地覆盖得严严实实，就像一床又沉又厚的被子铺在那一片不算宽的地面上。

空旷的田野里没有一丝雾气，唯有老林子的四周，低矮地悬浮着丝丝缕缕浅浅的乳白色薄雾。这些雾气似乎都是从老林子里渗透出来的，而且在逐渐地聚集，有越来越浓的迹象。

“林子里起的雾越来越大了。”前面的吴显涛说。

张子恒背上的万展飞说：“我们得赶紧点了。要是这伙人不知天高地厚地下到那个洞里，恐怕麻烦事就真的要出来了。”

日渥布吉不无担心地说：“会不会他们已经下去了？”

“难说。得赶紧了。”万展飞说。领头的吴显涛明显地加快了步子。

听了万展飞的话，张子恒居然变得兴奋起来，他背着万展飞开始小跑起来。

这时，老林子的旁边居然又出现了野狗鬼鬼祟祟的身影。它们警惕地朝着张子恒他们这几个人张望，当看见在不远处游动着的小龙时，鬼祟的身影便消失在了老林子中。

小龙游动的身影明显地快了起来，最后就像一条急速滑动的带子，直直地朝着老林子里蹿了进去，一下子就不见了踪迹。

到了林子边，万展飞让张子恒停了下来。吴显涛回头看了一眼万展飞。万展飞目光炯炯，他屏住气息，用敏锐的听觉感觉着老林子里的动静。

老林子里寂静无声，这种寂静就像是整个世界都停止了呼吸。

“里面怎么那么安静？”万展飞小声自语道。

“是安静了一点。只是这雾越来越诡异了。”日渥布吉小声应道。

“吴医官，你确定那伙人还在里面？”万展飞朝吴显涛问。

“绝对在里面，他们好像遇到了什么事情，才在老林子里停下来的。我隔得远，不敢太靠近了，所以具体是咋回事我也不大清楚。”吴显涛说。

这时。林子里传出一阵窸窸窣窣的声音，是小龙发出的。

“我们进还是不进？”日渥布吉问。

“进！”万展飞斩钉截铁地说。

负重的张子恒已经满身是汗，他开始轻微地气喘，一缕缕白气从他的嘴里和鼻孔间不断地呼出来。佘诗韵动了恻隐之心，上前一步朝张子恒问：“累了没？累了就让日渥布吉背一下老神仙。”

张子恒涨红着一张脸，没有说话，只是朝佘诗韵咧嘴一笑，腾出一只手很毛躁地抹了一把额头上细密的汗水。

佘诗韵掏出兜里的手绢，替张子恒擦了把脸。张子恒很不习惯，扭着脸要躲开。佘诗韵发急，伸出另一只手，拧住张子恒的一只耳朵。张子恒护痛，再也不能转动脑袋。佘诗韵终于把他脸上的汗水擦了个干净，然后朝张子恒莞尔一笑，小声说了句：“看谁犟！”

张子恒的心咚咚地跳得愈加厉害了，但是有一股更足的劲儿莫名其妙地从丹田处升腾起来。

一进入老林子，这才看清，老林子里已经被白茫茫的雾气灌满了，所有的一切似乎都被这白茫茫的雾气虚化掉了。就算张子恒和佘诗韵他们之间仅隔几步的距离，也不能相互看清楚对方了。

“好大的雾啊！”日渥布吉小声惊呼道。

“我出来的时候没有这么大的雾气的。”吴显涛也有些心惊地说。

万展飞没有做声，他在仔细辨听着周围的动静。而周围除了小龙在地上游动时发出的窸窸窣窣的细微声响，便没有了任何声息。

万展飞在空气中使劲嗅了嗅，突然小声说道：“老林子里应该是出大事情了，好大的一股泥腥味！”

“我也觉得这气味不对。”日渥布吉说。

听了万展飞和日渥布吉说的话，张子恒和佘诗韵的心里都打起了小鼓，两个人这时挨得很近，情不自禁地对视了一眼。张子恒和佘诗韵对视时，眼神不再躲闪。

“我们还继续进去吗？”佘诗韵小声朝万展飞问道。

万展飞没有回答佘诗韵的话，却小声喃喃自语道：“怎么会有这么大的一股土腥味？奇怪！”

几个人继续朝着林子里步步为营地缓慢深入。现在的他们已经不是在一片竹林里穿行，而是在一片白茫茫的雾气中行走。所有的参照物都失去了，越朝里面走越没有方向感。所幸的是这几个人中，张子恒和吴显涛还保持着很清晰的方向感，毕竟他们两人对老林子太熟悉了。

这时，小龙发出的窸窸窣窣的声音停止了。

“小龙停下来了。”佘诗韵小声说。

“它好像遇到了什么东西。”佘诗韵又说。

背着万展飞的张子恒下意识地停下了步子，而万展飞也感觉到前面有某种神秘的东西出现了……

几个人不约而同地停了下来。

此时，包括吴显涛和张子恒，都很明显地感觉到，在他们四周很近的地方，潜伏着某种很神秘很诡异的东西。它们悄无声息地潜伏在白茫茫的雾气中，在静静地窥视着这几个闯入者。

万展飞把声音压得极小，说道：“大家都不要慌，不要出声，也不要动。”于是，几个人都屏住呼吸，睁着一双双眼睛，警惕地朝四下里张望。只有负重的张子恒一紧一慢地喘着粗气。

此时灌满了白茫茫雾气的老林子的能见度几乎为零，每个人都变成了地地道道的睁眼瞎。第六感却伸出了敏锐的触角。

张子恒想竭力将气息屏住，但却被憋得愈加难受，一颗心几乎要从胸腔中跳出来，脑子也有点缺氧一般地迷糊起来。

佘诗韵似乎感觉到张子恒的困难，用手拍了拍张子恒滚烫的脸。张子恒的心居然在一瞬间平静了很多。

“放我下来。”万展飞在张子恒的耳朵边小声说道。

张子恒又慢又轻地把万展飞放到了地上。就是这样轻微的动静，似乎也惊动了隐藏在浓雾中的神秘家伙。浓雾深处有极其微妙的动静。

此时，每个人的触角都极其敏锐，每个人都似乎达到了心有灵犀、息息相通的境界。整个世界，似乎都嵌入了每个人身体里的每一个方寸之间!

几个人都一动不动，在谛听，在感应身边事物的微妙变化……

21 柴房里的暴动

卧牛村的那一方小天井里，冷空气在狭小的空间里就像响尾蛇一般“哧哧”地抽动着。

兆丰将手互插在衣袖内，蹲在柴房的门口。石营长和崔警卫守在柴房门的两边。冯蛋子和他手底下的民兵被软禁在柴房内。张幺爷也在柴房里，有点悠闲地抽着叶子烟。昏暗狭小的柴房被张幺爷嘴里吧嗒着的一管叶子烟搞得烟熏火燎的，很呛人。

柴房里的冯蛋子开始坐立不安起来，有几次他都想到外边的天井里透透气，可是刚一走到门口拉开门，守在门口的崔警卫就把一只脚伸到门槛上，用挑衅的眼神瞟着冯蛋子。冯蛋子因为给崔警卫上过手段，对崔警卫有点怯，就退了回去。

歪歪斜斜或靠墙站着或蹲在地上的民兵们见冯蛋子一副忍气吞声的样子，就更放弃了要出这柴房的打算了，一起用懒散无神的眼睛盯着冯蛋子。冯蛋子见手下们用这样的眼神看他，面子上有些挂不住，就大声叫骂起来：“浑蛋，还把老子们软禁起来了？老子一没偷，二没抢，凭啥子软禁老子？没有王法了吗？”

听见冯蛋子在柴房里发牢骚，石营长就给崔警卫使了个眼色。崔警卫心领神会，“吱呀”一声打开柴房的门，走进去。冯蛋子立刻就闭嘴了，疑惑地看着崔警卫，以为崔警卫要上来绑他。崔警卫却二话没说，去下几个民兵手中的枪。一个民兵要抵抗，崔警卫用膝盖顶了一下民兵的小腹，被顶的民兵轻轻闷“哼”了一声就蜷缩了下去，枪也就交到了崔警卫的手里。

冯蛋子见崔警卫朝他的手下动了手，立刻大声暴叫起来：“要咋子？要动手打架哇？”

在冯蛋子的挑唆下，有几个民兵立刻就朝崔警卫恶狠狠地摆开了架势。可是崔警卫只是轻蔑地笑了笑，继续去下另外民兵手上的枪。另外几个民兵几乎没有抵抗就把枪给了崔警卫。

一旁的冯蛋子终于急红了眼，大声朝几个被缴械的民兵骂道：“叫你们来搞卵蛋的啊？这么轻巧就让人把枪下了？要是打仗呢，你们一个两个的，还不就跟龟儿子一样，都缩起脑壳等人家敲沙罐儿？”民兵们看着发飙的冯蛋子，都木桩子似的站在原地没有动弹。

冯蛋子见自己的绝对权威受到了极大的考验和挑战，脑门子一热，心里一急，一个饿虎扑食就朝崔警卫的后背扑了上去。

崔警卫也没有料到冯蛋子会突然间朝他恶扑上来，被扑了个正着，身子一个趔趄，差点跌倒。有两个胆大点的民兵见冯蛋子率先动了手，也从两边朝崔警卫扑上来。抱头的抱头，压腿的压腿，被围攻的崔警卫好汉难敌四手，终于被扑倒在了地上。

张幺爷见大事不妙，朝关闭着的木板门外大声喊起来：“打起来了！打起来了！”而门外的石营长和兆丰却没有动静。

张幺爷急得站起来，要去拉开压在崔警卫身上的两个民兵，却被另外的两个民兵一掀，张幺爷一个趔趄就坐在地上了。

这时，木板门“嘭”的一声终于被石营长一脚踢开了。两个刚要上去帮忙压制崔警卫的民兵吓得一哆嗦，站在原地不再动弹。

冯蛋子压住地上的崔警卫，看着崔警卫肩膀上背着的几条破枪，大声叫嚣道："敢下老子的枪，老子今天要下你的枪。"话音刚落，就听见一声刺耳的枪声在他的耳朵旁炸响。冯蛋子一哆嗦，一下子就趴在崔警卫的身上不动弹了。另外两个压住崔警卫手和脚的民兵也像死猪一样一动不动，就像被施了定身法。

愣了几秒钟的冯蛋子这时大声问道："哪个在打枪？哪个在打枪？"眼睛却不敢朝别的地方看，身子也不敢挪动半分。崔警卫挣扎着从三个人的身体下抽身起来，朝着冯蛋子肥硕的屁股狠狠踹了一脚，冯蛋子丁点反应都没有。

石营长这时朝趴在地上的冯蛋子闷声说道："你要搞清楚，你现在对抗老子就是对抗政府！晓得不？"

冯蛋子终于搞清楚是石营长开的枪了，趴在地上不住点头，说道："晓得！晓得！"

"你刚才不是说王法吗？现在老子就告诉你，今天这个地方，这个时候，老子就是王法！老子现在是'将在外军令有所不受'，要敲你的沙罐儿还不就像敲一个夜壶一样。你如果想朝老子枪口上撞的话，老子也不会有丁点含糊的。再有下一回，老子的枪口就不会朝天上开火了。"

趴在地上的冯蛋子就像鸡啄米似的点头连声说："我晓得了，长记性了，下回绝对不敢了。"

崔警卫背着枪走出去，石营长退出去时又"嘎吱"一声把门关上了。冯蛋子这时才试探着从地上爬起来，恶狠狠地盯着随同他一起爬起来的两个民兵。因为忌讳一旁的张幺爷，也不敢说什么话，脸都被气得扭曲变了形。

坐在一旁的张幺爷这时呵呵地笑，说："还真是怪物怕野物——一物降一物啊！呵呵……"

冯蛋子就像盯仇人似的盯着张幺爷，张幺爷此时却丁点也不怕冯蛋子了。

冯蛋子恶狠狠地小声朝张幺爷说道：“等老子一走出这间房子，就组织大队上的人开你狗日的批斗会！看哪个遭报应！”

张幺爷却朝冯蛋子挑衅地说：“老子经历了这么一连串的事情啊，还把有些事情真的看开了。你也别拿啥子批斗会来吓老子了，有本事你把老子架在柴火堆上烤，老子皱一下眉毛都算是龟孙子！”

冯蛋子朝张幺爷竖起大拇指，咬牙切齿地恶声说：“好，你有性格，老子就要看一下你张韦昌的背上是不是背钢板了。捶不死你狗日的！”

张幺爷眉毛一挑，冷“哼”了一声，站起来，朝柴房外走去。

“嘎吱”一声拉开门，崔警卫站得笔直，门神一样立在门口。张幺爷站在崔警卫的面前，上下打量了一番，啧啧说道：“威风！当真威风！啧啧！”

而石营长和兆丰两个人却蹲在天井里下起了“六子冲”。张幺爷走过去，蹲下，歪着头看两个人下棋。

“张幺爷，那个光脑壳还在折腾没有？”石营长边下棋边问。

“还敢折腾啥子哦！个个都吓得跟龟儿子一样的。呵呵……闹了半天都是欺软怕硬的东西，只把我们这些老实巴交的老百姓不放在眼里。遇到好强霸占的了，个个都下软蛋了。”张幺爷很解气地说。

石营长却停了手中要落的一个小石子，说：“你是说我好强霸占了？”

张幺爷发觉自己说走了嘴，连忙说道：“大干部，我不是那个意思哈！我就是说冯蛋子那伙人就是狐假虎威欺软怕硬的主儿。你咋是好强霸占呢？你简直就是抱打不平啊！刚才冯蛋子还背着你提劲打靶的，说等你们走了过后，就要开我的批斗会，办我的学习班，要捶平老子。”

石营长将手里的石子朝地上一搁，大声说道：“他龟儿子敢！看老子咋收拾他！当真是你们这儿的土皇帝了哦？”

张幺爷见石营长的眉毛立起来，把他的话当了真，又打圆场地说道：

“他龟儿子冯蛋子也就是说说气话，你别当真。他是狗肉做的刀头——上不了宴席的。咱不和他龟儿子一般见识。”

兆丰呵呵笑道：“还是张幺爷把事情看得开，呵呵……”

“你还别说，这几天啊，我还真看开了一些事情。呵呵……”张幺爷乐滋滋地说。

兆丰却突然盯着张幺爷说：“张幺爷，你还真的变了，不像刚才那样子着急了。咋回事呢？”

张幺爷也醒过神来似的说：“当真，我的心里咋莫名其妙地就变得轻轻松松的了？咋不焦心了呢？院子里的那些老老少少还一个鬼影子都没看见啊！”

兆丰这时说道：“张幺爷，我说一句话不晓得你信不信？”

“啥话你说。你说的话我百分之百信。”

“你心情好是个好兆头，说不定你们村子里的人真的一点事情都没有。”

“是吗？”

“说不清楚，但是有些时候这些预兆是很准的。你信不信？”

“我信，我当然信。你这一说，我还真的感觉村子里的那些人会平安无事了。”

三个人正在天井里说着话，一直守在门口的崔警卫听见柴房里静悄悄的，一点动静都没有，便把一直关着的柴房门打开了一道缝，却看见柴房里已经空无一人，只有那几具尸首直挺挺地半掩埋在乱糟糟的柴草堆里。

“营长，这伙人不见了。”崔警卫大声朝石营长喊道。

石营长和兆丰都是一惊，一起站起来，朝柴房跑去。张幺爷也跟着撵了进去。

屋子里还真是一个人都没有了。

张幺爷恍然大悟地说道：“我晓得了，肯定是从那个洞洞里头跑了。”兆丰已经走到柴草堆里把屋子角落的柴草往外边翻。三下五除二地翻开柴草，一个黑糊糊的洞口显露了出来。

石营长将双手叉在腰杆上，有些无奈地喘了口气说道：“这群乌合之众，还真是不见棺材不落泪，天堂有路你不走，地狱无门你偏来。走，下去看看……”说着率先下到了洞里。

张幺爷却有点犹豫起来，他对这黑糊糊的洞口已经有点神经质了，可怜巴巴地朝兆丰说道：“我也要跟着下去啊？”

兆丰却说：“你不下去就在这上面看着这几具尸首。”

张幺爷看了看柴草堆里露出的几条横七竖八的死人腿，心里一阵阵地发怵，连忙说：“那我还是跟你们一起下去吧。”说着紧跟在石营长的后面下到了洞里。兆丰和崔警卫紧跟在后面。

22 地宫魅影

洞很狭隘，人只能蜷曲着身子四肢着地趴着朝里面深入。洞内很黑，伸手不见五指，爬出十几米远，洞开始变得宽敞松动了些，空气也变得不似刚进入洞内时那么憋屈沉闷。

“该打个火把在前面照亮才对。”张幺爷跟在石营长的屁股后面边爬边说。

而石营长却突然在前面停住了，张幺爷的脑袋撞在石营长撅起的屁股上。

“咋停下来了？”张幺爷问。

“别出声。”石营长小声命令道。

听石营长的口气有点异样，张幺爷的脊背瞬间就冷飕飕的了。他使劲瞪着眼珠子，想看清地洞内的状况，可是地洞里没有一丝光亮，人就如同被投进了墨汁里，根本看不见任何东西，哪怕只是模糊的轮廓。

张幺爷和后面的兆丰以及崔警卫都屏住气息，一起谛听地洞里的动静。

地洞里静悄悄的，没有任何声息。

“没啥动静啊？”张幺爷小声说。

石营长却用腿轻轻踢了踢张幺爷，示意张幺爷别出声。张幺爷领会了石营长的意思，在黑暗中紧张地圆睁着眼睛。

石营长开始慢慢地朝着前面移动，尽量不弄出一丝一毫的声响。后面的张幺爷和兆丰他们也感觉出了石营长异样的警惕，在移动时也变得小心翼翼、格外谨慎起来。或许，冯蛋子那伙人就在不远处瞪着他们。

又爬出了一段距离，洞拐了一个九十度的弯，而且有了朝下倾斜的趋势。张幺爷和石营长都有过进入洞内的经验，知道堆码黄金和弹药的那个地厅就要到了。洞的尽头果然传来一阵阵杂乱的说话声。

张幺爷又小声说道：“龟儿子的东西，一个个的胆子也真够瓷实的，不管不顾地就敢朝洞里钻。这下子好了，遭我们泡菜坛子里捉乌龟了，呵呵……”

洞口处在地厅的半中央，当石营长和张幺爷他们爬到洞口时，一线昏暗的灯光就隐约地透射了过来。冯蛋子他们居然没有忘记带上那盏摔碎了玻璃罩子的马灯。没有了玻璃罩子的防护，马灯燃出的火苗子变得摇曳不定。

洞口已经变得足够宽敞，可以容两个人并排蹲下。洞口和地厅地面尚且有两米高的距离。石营长并没有马上从洞内跳到地厅里。而是蹲在洞口看着在地厅里无头苍蝇般的冯蛋子一伙人。张幺爷和石营长并排蹲下，兆丰和崔警卫蹲在后面。

地厅里的冯蛋子提着马灯，在青砖砌成的地厅里东张西望，有点抓瞎的感觉。跟着他的人也是一副迷迷糊糊慌慌张张的表情。

地厅也不算大，有三十多平方米，地面青石板铺就，打磨得极其平整，石板之间的缝隙镶嵌得非常细密，严丝合缝得几乎看不出接缝的痕迹。地面似乎长年有人打扫一般，没有落下一点尘埃，青幽幽地反射着马灯的暗光。地厅的四面用大青砖修砌，地厅的顶部却是呈金字塔状的尖形，而且非常规整。

“书记，我们是不是不该下来啊？你看这光景，就跟活死人的墓穴一样，根本就是一条死路嘛！要不我们还是原路返回算了。”一个民兵终于说出了心里想说的话。另外几个民兵也眼巴巴地看着冯蛋子，表示赞同这个民兵的建议。

冯蛋子却没有理会说话的民兵，而是举着马灯继续观察着地厅的四周，喃喃自语地说：“这卧牛村看起来还真是名堂不小哈，你看这间房子整得有多牢靠，就跟人防工程一样。就是美帝国的原子弹氢弹打过来，也不一定把这间屋子打得穿。”冯蛋子开始赞叹起这间地厅的牢固性来。

刚才说话的民兵哭笑不得地说：“书记，我们还是先别研究啥子原子弹氢弹打不打得过来，我们还是原路返回算了。这地底下的东西，怪兮兮的，就像下到了阎王殿一样，连一条出路都没有。”

冯蛋子却扭头瞪了那个民兵一眼，骂道：“要回去你回去，老子才不回去受那窝囊气呢。妈的，平常都是老子关别人，今天倒好，被几个龟儿子关了。”

那民兵却继续说：“可是，你也得看这地方有没有出路啊！你不觉得我们现在就像坛子里的乌龟吗？”

冯蛋子却说：“你晓得个什么！凭老子的经验判断，这间屋子必定有一条藏着的出路。”

“你凭啥子这样说？”

“没有出路，那这间屋子是咋修起来的？人又是从哪儿进来哪儿出去的？”冯蛋子自信满满地说。

“从我们爬进来的那个洞里进进出出的。”

“你挨球嘛！那个洞根本就不是人进出的洞。是那条大梭老二打的洞。”

“那你说出去的门在哪儿？”民兵不服气地说。

“老子不是正在找吗？”冯蛋子说，他边说边照着马灯，在地厅四面的墙壁上踅摸得愈加仔细了。

兆丰这时朝石营长小声说：“这冯蛋子的脑壳看起来还不笨。”

“你是说这地厅真的有他说的暗门？”石营长小声说。

“应该有。如果我师傅在的话，他应该一眼就识得破。不过，就是打开了那道暗门，暗门的后边也很有可能设有极其凶险的机关。”

“怎么见得？”

“张韦博敢把这么大一堆黄金和枪支弹药存放在这里面，没有设机关，他是不会这么放心大胆的。”兆丰说。

“那么，这个地厅又是谁帮他修造的，机关又是谁帮他设的呢？”石营长问。

“只有一个人。”

“谁？”

“我师傅！”

听了兆丰的话，石营长扭过头，看了一眼兆丰，有些不解。

“我师傅以前帮张韦博做过一些事情，他后花园的那口水井就是我师傅亲自给他设计修造的。现在那机关都还能用。”兆丰解释道。

张幺爷立刻接过话茬说：“那口水井我晓得，机关设计得精妙得很。不亲眼看到，哪个都不会相信的。”

这时，一个民兵无意中朝金字塔形的顶部望了一眼，突然说：“书记，顶子上好像有啥东西。”冯蛋子听到民兵的喊声，不由得把马灯举过头顶，朝顶部看去。

马灯的光线暗淡摇曳，照出的亮度非常有限，但是，冯蛋子还是看见了顶部的那一堆黑糊糊的东西。“是啥呢？”冯蛋子自言自语地问。

“书记，那东西好像在动。”一个民兵颤声说。

冯蛋子提着马灯的手哆嗦了一下，紧接着问：“你是不是眼睛看花了？哪儿在动啊？不要自己吓自己。”

“书记，那东西真的在动。”又一个民兵颤声说。

石营长和张幺爷以及兆丰也把头从洞里伸出去一点，朝地厅的顶部看去。地厅顶部的最尖端处，果然有一团黑糊糊的东西贴在上面，显得很诡异!

“那是啥东西，好像软乎乎的一样？”张幺爷首先小声说道。

“还真是一个活物。”兆丰也小声说。

石营长没有说话。

突然，那团黑糊糊的东西蠕动了一下，一颗脑袋般的东西从那团软乎乎的身体里探了出来，一双闪着绿莹莹邪恶光芒的眼睛朝着地厅里的人盯去，紧接着，一张狰狞的利嘴也恐怖地张开，两颗尖利的獠牙闪着阴森森的光芒。

地厅里的冯蛋子和一伙民兵的头皮一下子就裂了，有几个胆小的心惊肉跳地喊了一声“妈呀”就一屁股跌坐在地面上。

冯蛋子提着马灯的手剧烈地一抖，马灯“啪”的一声掉地上，仅有的一线光亮熄灭了，地厅顿时陷入一片无边无际的黑暗中。此时气氛紧张而且诡异，只有一长一短此起彼伏粗细不一的喘息声。冯蛋子和他的一帮手下被吓得屁滚尿流。

顶部那双邪恶的眼睛在深邃的黑暗深处发出的光更加绿莹莹了，并且泛着令人毛骨悚然的寒意。

“究竟是啥东西啊？你看清楚了吗？”张幺爷小声附在兆丰的耳朵边问。

“好像是一只很大的蝙蝠！”兆丰也附在张幺爷的耳朵边小声回答。

“哪有这么大的蝙蝠啊？比鹞子还大！”张幺爷不信。

“我感觉是。”兆丰说。

“这东西太过邪性。”张幺爷又说。

地厅里的冯蛋子经过短暂的惊吓后稍微醒过神来，只听见他在黑暗中骂道：“你们狗日的就晓得一个个的自己吓自己。就算真是啥不得了的怪物，它也只有那么大一坨嘛，怕个锤子啊！”边说边摸出火柴划亮了一根，把摔在地上的那盏马灯重新点上。

地厅里又恢复了一点点光亮。

就在这时，顶部那个邪恶的家伙突然间发出一阵“吱吱”的怪叫声。叫声尖厉刺耳，就像有针穿刺耳膜似的，连太阳穴都抽扯着生疼。

张幺爷和石营长他们情不自禁地将耳朵死死地捂了起来。冯蛋子他们更是被这尖厉的叫声搞得再度崩溃……

23 转动天机的法宝

地厅里的人根本不会知道，这种能够将耳膜穿刺得生疼的声波已经穿透出地层，传递到了地面的外层空间，里外空间都震颤了。

空寂无人的卧牛村似乎被某种神秘的东西刺激得动了一下，就像平静的水面感应到了突如其来的震颤，开始泛起了惊悚的波纹，一层层一圈圈地荡漾开来。

一股股刺骨的冷风从四面八方逐渐会聚，一丝丝一缕缕。这些阴冷的寒风从屋脊上翻越而过，又下到房檐，在各个天井里走上一圈，碰头，默语，然后再分头蹿入各条巷子里打探动静，最后又会聚在一起，形成一股股旋头风，在茅草屋的屋脊上恶作剧似的恣意疯狂。枯朽的茅草被一层层地掀起来，在空中飞舞飘动。卧牛村的整个天空便被这些飞舞起来的乱七八糟的茅草填满了。

地厅里传出的神秘声波形成的诡异效应非但没有减弱，反而还在层层加剧，卧牛山上沉郁苍茫的树林此时也有了异常的迹象，树枝与树叶间开始摩擦，发出“沙沙”的响声。

憬悟寺里，静园老和尚端坐在大殿的青砖地面上念着梵音，白瑞峰和庹铮一左一右地站在他的身边，神情虔诚肃穆。

外边突然起的一阵冷风令庹铮分了心神，他朝大殿的外边张望过去。大殿外面空坝子上的蒿草里，两只野兔蹿了出来，它们并不显得惊慌，还朝大殿里瞧了一下，才一蹦一跳地跑出山门。

白瑞峰轻轻地咳嗽了一声，又用眼神提醒了下庹铮。庹铮这才收回眼神，低眉垂眼地将目光落在地面上。

大殿的外边罡风刺骨，但是静园老和尚的屡屡梵音却将大殿里的这一方小小天地保护得很好。虽然整个大殿已经破败得上无片瓦，只有黑糊糊的房梁摇摇欲坠地横亘在断垣残壁上，但是在大殿外间游走的冷风似乎被什么东西隔绝在了外边，根本没有一点渗透入大殿的机会。

庹铮在静园老和尚的梵音声里又逐渐恢复到了心静如水的状态，他被一种很和谐饱满的气场包裹了起来，心里有种如沐春风般的洒脱和逍遥的感觉，身体也逐渐地变得轻松飘忽了，有种要飘起来的渴望。

突然，庹铮一直盯着的地面上出现了一组奇怪的图案，这组图案刚开始时若隐若现，不一会儿就变得极其清晰起来。庹铮以为自己看花了眼，揉了揉眼睛再看，青砖铺就的地面上真的有一组图案。这组图案就是佘诗韵当初看见的那种图案，此时，它又神奇地在憬悟寺的地面上出现了。

庹铮仍旧以为是自己的脑子里出现了幻觉，他将目光瞟向了白瑞峰。此时白瑞峰的表情平静似水，但他的目光却像被磁石粘住了一般，紧紧盯在庹铮盯住的那个地方。显然，白瑞峰也看见了那组图案。这就是说，出现在地面上的图案是的确存在的。

少顷，静园老和尚嘴里念动的梵音停止了，他缓缓地睁开眼睛，神情变得温和慈祥。他看了看白瑞峰和庹铮，没有说话。

庹铮朝静园老和尚问道：“老师父，这地上的图案是怎么出来的。”

静园老和尚望着庹铮，笑而不答，他又将目光朝向了白瑞峰。

白瑞峰轻皱了下眉头，若有所思地说道：“这个现象如果用潜意识的心理反应来解释恐怕是解释不通的。”

静园老和尚这时说道：“你们做学问的人，最感兴趣的就是凡事的起源和究竟。而我们佛家人却只道出个境随心转，境由心生。这其实已经足够了。很多东西，其实不用去解释它，去追究它，而是要去见证，从内心去见证，这才是真的。其实，地上的这组图案，不是所有人都能够见证得到的。我们现在之所以能够见证得到这组图案，这就要讲究个缘分了。”

“缘分？什么缘分？”另外两人同时问。

静园老和尚的神情变得愈加慈祥温和，他重新将目光调向了庹铮，说：“他就是缘分。”

“他就是缘分？”白瑞峰还是百思不得其解。

静园老和尚微笑着说道：“如果不是这一连串奇异事情的发生，我老和尚就是在这个庙里修行一辈子，也有可能悟不出最后一道迷障。憬悟寺里，藏着转动天机的法宝！”

“转动天机的法宝？”白瑞峰愈加惊讶了。

“是的。憬悟寺的这座庙宇，其实只是一个障眼法，拆也就拆了，毁也就毁了。真正的法宝，就在我们现在这个地底下。而我说这个施主是这组图案的有缘人，是因为只有他站在这里，这组图案才有出现的可能。”

“为什么？”

“因为只有他身体里发出的信息，才可以跟那个神秘的世界发生感应。而那个世界，始终给他们留着一个机会。这就是所谓的启示。这种启示，要靠证悟方可得来。”

“我还是不大明白，老师父……”

“呵呵……凭你白瑞峰的头脑和堂堂大教授的身份，我说的这些话，你一定是可以悟出其中的道理的。不过现在你不明白也没有关系，见证就是一个慢慢开悟的过程。我们还是马上把藏在这地底下的东西起出来吧。”

“你是说这地底下埋着你说的那个法宝？”

静园老和尚轻轻点头。他站起身，说：“来，我们来起开这中间的四块青砖。”

白瑞峰和庹铮两人将信将疑，对望了一眼，不知道怎么朝地上的青砖下手。

静园老和尚这时转身出了大殿，朝一条冷僻的巷子里走去。不一会儿他又转了回来，手里多了一把锈迹斑斑的铁锹。白瑞峰接过静园老和尚手里的铁锹，在静园老和尚的指挥下，朝地上的一块青砖撬了下去。

四块青砖被撬开来，露出了黑糊糊的泥土。白瑞峰和庹铮有点失望地看了一眼静园老和尚。静园老和尚看出了白瑞峰和庹铮的心思，说：“别着急，先把泥土铲起来再说。”

于是白瑞峰又开始铲起了地上的泥土。黑色的泥土下面，露出的是一层黄泥，白瑞峰继续朝黄泥下铲去。突然，铁锹碰到了一件硬物。

“下面好像是一块大石头。”白瑞峰说。

“恐怕不是大石头，而是一块石板吧？”静园老和尚微笑着说。

“你怎么知道？”

“我也是猜的。来，把泥土起开，看我老和尚猜得对不对。”

一层又湿又黏的黄色泥土被白瑞峰小心翼翼地铲了出来，果然露出了一块四方的青石板。白瑞峰出于职业习惯，让庹铮去打一盆水来，他要把附着在青石板上的泥土清洗干净。

庹铮四下里寻摸盛水的家什，可是破败的大殿里空荡荡的，找不到一件可以用来盛水的器具。“你随老衲来吧。”静园老和尚领着庹铮走出大殿。不一会儿，庹铮提着一个陶罐进来，满满的一陶罐水放在了白瑞峰的面前。白瑞峰格外仔细地冲洗起了附着在青石板上的黏土。

薄薄的一层黏土被冲洗干净后，青石板上出现了和地面上一模一样的图案。只是图案的四边，多出了四个神秘的简单符号。

白瑞峰“咦”了一声，说道：“这就真是奇怪了，怎么石板上的这组图案会被放大了出现在地面上？难道这块石板就是你说的法宝？”

静园老和尚仍旧笑盈盈的，说：“石板不是法宝，法宝应该还在石板的下面。”

经静园老和尚提醒，白瑞峰和庹铮用铁锹撬开了青石板的边缘，一用力，青石板被翻开了。青石板的下面，果然放着一个石匣子。石匣子里盛满了清水，波光粼粼间，水底下好像有一个不大的包裹。

白瑞峰犹豫了一下，将手伸入石匣子的水里，将里面的包裹起了出来。包裹很沉，是一个用兽皮包裹的器物。

白瑞峰将包裹轻轻地放到地上，朝静园老和尚会心地笑了笑。静园老和尚示意白瑞峰将包裹打开。

当包裹被打开时，三个人都情不自禁地睁大了眼睛，看得有点目瞪口呆了。从包裹里展露出来的居然是一个金光灿灿的圆盘状的器物，这器物实实在在的，是一个金器!

庹铮这时失声惊呼道：“这就是图案上的那个东西。”

静园老和尚沉声道：“阿——弥——陀——佛——这就是启示啊。”

包裹里的金器果然是庹铮说的那组神秘图案中的一部分。圆盘状的金器里，象牙状的弧形旋转芒呈镂空状，也是呈顺时针旋转成齿状排列。而外层图案，却是像极了四只逆风飞翔的镂空大鸟，大鸟引颈伸腿，展翅飞翔，手足前后相接……

“这就是你说的转动天地法门的法宝？”白瑞峰抑制住心里的激动朝静园老和尚问道。

静园老和尚说道：“是的。不过，这只是其中的一件。”

“其中的一件？难道还有另外的几件？”

“是的。不过，现在你的手里已经有了两件。”

“两件？哪两件？”

“其中的另一件就是你得到的那个玉琮啊！”

白瑞峰恍然大悟，说道：“原来图案上的那个六边形就是玉琮的正面剖面图啊！”

静园老和尚又点头。

“那么另外几件又是什么呢？”白瑞峰又问道。

“你把包裹它的兽皮铺开来。”静园老和尚吩咐道。

白瑞峰将那张并不规则的兽皮展开，兽皮上果然有一组图案，不过兽皮上的图案和青石板上的图案是一模一样的。

静园老和尚指着那四个神秘的符号说：“我们现在还差的就是这四个一模一样的法宝。”

“这四个法宝又是什么呢？”白瑞峰问。

静园老和尚摇头说道：“至少目前我还不知道。要解开这四个符号的具体含义，恐怕又要等到缘分出现的那一刻了。你先把这个东西包起来再说吧。”

静园老和尚刚说完这句话，眼神突然就定住了，眉头也死死地皱了起来……

24 被漆黑翅膀覆盖的天空

静园老和尚很清晰地感觉到耳膜被一阵神秘的声波像针一般地穿刺了。他抬起头朝大殿外面看去，只看见憬悟寺周围的竹林树木开始出现枝叶摇动的迹象，于是他朝一旁的白瑞峰说道：“不好，卧牛村的地底下又出事了。”

正收拾着东西的白瑞峰不解地朝静园老和尚问道：“你怎么晓得的？”

“你没有感觉到奇怪的声波？”静园老和尚说。

白瑞峰摇头。

静园老和尚顾不上多作解释，露出几分焦急的神情说：“时间已经不多了，我们得赶紧到村子去。赶紧！”说完静园老和尚率先朝憬悟寺的外边走出去。

白瑞峰和赓铮只好丢下手中的家什跟在静园老和尚后面。

出了憬悟寺的山门，一派寒风肆虐、树影翻飞的景象，静园老和尚僧袍的襟摆被掀起来猎猎舞动。

“老师父，怎么一下子就起了那么大的风？”白瑞峰朝静园老和尚问道。他刚把要问的话说完，一口冷风已经狠狠地灌进了他的口腔里，直直地钻入他的喉咙，蹿入他的胸腔，一股透心的凉意瞬间充塞满了他的整个身体。白瑞峰不由自主地打了个寒战，发出了一阵艰难的咳嗽声。

静园老和尚朝白瑞峰和庹铮大声说道：“闭紧嘴巴，千万不要说话，这风起得蹊跷。”静园老和尚说出的话浑厚有力，从胸腔里发出的气流将要灌进他嘴里的冷风强行倒逼了出去。

听了静园老和尚的提醒，白瑞峰和庹铮都把嘴巴紧紧地闭了起来。而刺骨的冷风却刮得更加肆虐，恶作剧般地将三人包围了起来，并且开始撩拨他们的衣服，用又细又硬的风鞭子抽打着他们的面部肌肤。

半空中，被旋头风掀起来的茅草就像一群庞大的乌鸦刮落的羽毛，黑压压地在空中凌乱飞舞。

庹铮用手使劲捂住嘴，用手指着在半空中飘舞着的稻草，朝白瑞峰发出“呜呜”的提醒声。白瑞峰也看见了山底下腾空而起的稻草屑，感到讶异万分。

突然，庹铮放开了死死捂住嘴巴的手，惊恐万状地失声惊呼道：“快看那边……”话音刚落，又冷又硬的寒风已经把庹铮的喉咙死死地封堵住了。庹铮被逼得胸腔发闷，浑身泛凉。

白瑞峰听见庹铮怪异的喊声，回头顺着庹铮手指的方向看去，只见不远处的一堵光秃秃的岩壁上，有一个黑糊糊的蛮洞，从蛮洞内接二连三地飞出一种怪鸟状的黑色东西。这些东西体形庞大，张开的翅膀足足有两米宽。

“静园大师，那是什么？”白瑞峰也惊恐地朝静园老和尚大喊道。

静园老和尚回过头，看见从洞内不断飞出的怪异东西，神情愈加严峻起来，他朝白瑞峰沉声说道：“阿弥陀佛，我们还是赶紧赶到卧牛村去吧，天马上就要暗下来了。漆黑的翅膀已经盖满了天空，凶兆马上就要显现了。”

“凶兆？什么凶兆？”白瑞峰大声问道。

静园老和尚已经不说话，只管朝着卧牛村的方向疾步走去。

而那些从蛮洞内不断飞出的怪鸟已经在天空中形成了一支庞大的飞行队伍，扇动着宽大的黑色翅膀，朝着卧牛村的方向盘旋而去。

卧牛村的上空此刻果然是乌云低垂、风起云涌，变得极其诡异。厚厚的乌云中间，似乎出现了一个漏斗状的恐怖旋涡。

“难道真的要天倾地陷了？”白瑞峰喃喃地说道。庹铮此时也紧张得浑身打战。

那群怪鸟围着卧牛村盘旋，渐渐在半空中形成了一个黑色的怪圈，紧接着，怪圈的一端直直地扯了起来，朝着厚厚云层形成的旋涡中心穿了进去。一会儿的工夫，这些怪鸟的身影就消失在厚厚的云层里。云层的后面有电闪雷鸣的迹象，天空更暗了。

白瑞峰和庹铮一直眼睁睁地看着这群怪鸟被云层形成的旋涡吞噬，心里不由得长长地松了一口气。而静园老和尚的身影这时已经和他们相隔出了四五十步的距离。惊魂未定的白瑞峰和庹铮来不及继续观看天空的动静，疾步朝着静园和尚撵了上去。

乌云背后的闪电变得愈加猛烈起来。罡风肆虐，乌云压顶，周围的一切变得风声鹤唳起来……

就在白瑞峰和庹铮快步赶上静园老和尚之时，庹铮又情不自禁地朝天空望去，恰巧看见一条奇异的黑线从那道旋涡的中心部位抽扯出来，而且似乎在随着凌乱的风向扭曲摆动。

庹铮觉得奇怪，就站在原地定定地看着。等那条黑线越垂越低越变越粗之时，庹铮才真真切切地看清楚，那根本就不是什么奇异的黑线，而是那群怪鸟组成的飞行队伍。这群怪鸟组成的黑色队伍，从旋涡的中心部位飞出，几乎是朝着卧牛村垂直而下。庹铮看得呆若木鸡。

白瑞峰拉了一把庹铮，说道：“赶紧走。”

“这是什么鸟啊？”庹铮牙齿打战地边跟着走边问道。

“那根本就不是鸟！”

“是什么？”

“不清楚。鸟的翅膀不是那样的。”

怪鸟就像被一只无形的手指挥着，接二连三扑棱棱地落在了四婶家的天井里。

这些怪鸟一样的东西还真被白瑞峰说对了，它们根本就不是什么长巨大翅膀的怪鸟，而是形象极其狰狞、猥琐的蝙蝠一样的怪物。

这些浑身浸透了邪性气息的家伙，一落到地面上，便收起了蒲扇一般的肉翼，就像一个个披着黑色斗篷的幽灵一般，蹒跚着朝那道半掩着的柴房门走进去……

躲在地洞里的张幺爷和石营长他们根本不会知道外面的世界已经发生了如此诡异的变化，他们正使劲塞住耳朵，竭力不让那个邪恶家伙发出的诡异声音迫害自己的耳膜。

而地厅里的冯蛋子他们因为只顾着恐惧和惊慌，一时间忘记了用手将耳朵塞住，那种尖厉的声响很快就将他们的耳膜穿刺了。他们只觉头部剧烈疼痛，太阳穴一阵鼓胀，耳际发出“嗡”一声金属般的长鸣，耳膜跟着一阵抽动便什么也听不见了，周围的世界顿时变得无比安静……

25 血煞

随着声音的消失，恐惧感也逐渐在心里边减弱。尽管地厅顶部的那个家伙仍旧龇牙咧嘴显得极其怪异恐怖，但是，由于没有了声音的刺激，冯蛋子反倒放松了下来。这个靠造反起家的家伙，毕竟有着不同于一般人的血性和胆量。他大声朝手下的民兵喊道："怕个锤子，都给老子站直了！不就是一个比鹞子大的蝙蝠吗？用得着吓得屁滚尿流的吗？"

冯蛋子这么大吼后，才发现手下的这些民兵脸上的表情有点木讷。觉得奇怪，又大声喊道："耳朵聋啦？老子在给你们壮胆呢！"手下们仍旧用疑惑的眼神傻里傻气地望着冯蛋子，然后不明就里地相互看着，就是哑巴一样地不说话。

冯蛋子也觉得有点不大对劲了，用手指掏了掏自己的耳朵，喃喃说道："咋一下子这么安静了？"

一个民兵朝冯蛋子说话，但是冯蛋子只看见那民兵的嘴在动，以为民兵说话的声音太小，他听不见，于是歪了脖子把耳朵朝民兵的面前凑了凑说道："你说什么？大声点，老子听不清楚。"

那民兵就把手拢在嘴边，几乎是用喊的声音朝冯蛋子吼道：“冯书记，你刚才说的啥子？咋个我们一句都听不见？”

“你说啥子，老子咋听不见！”

“我说你刚才说的啥子？我们一句都没有听见！”

“你说的啥子？”

两个人这么来来回回地一阵吼，似乎终于明白了是怎么一回事，都一起闭上嘴巴，盯着对方不说话了。

用手塞住耳朵的张幺爷还是能够听见冯蛋子他们大声吼叫的声音的，于是朝身边的石营长说：“狗日的几个都好像成聋子了。”

石营长也是用手指塞住耳朵的，冯蛋子他们吼叫的声音他也能听出一点点动静，但是张幺爷说话的声音他却一点也没有听到。

突然，张幺爷的的眼睛定在了冯蛋子的脸上，纳闷地说：“狗东西，咋鼻孔里开始流血了？”这么说着话的时候，他再朝另外的民兵脸上看过去，才发现另外几个民兵的鼻孔里也开始流鲜血。

张幺爷将嘴凑到石营长的耳朵边大声喊道：“大干部，事情不大对劲啊，我们得赶紧出去。”

石营长也看见了地厅里的人鼻孔出血，也听见了张幺爷的喊声，他刚松开塞住耳朵的手要和张幺爷说话，一种奇怪的声波立刻就像针一般地刺得他的耳膜生疼，石营长又立刻把耳朵给死死地塞住了。

而地厅里的冯蛋子这时也看见了手下的民兵一个个地鼻孔淌鲜血，大声吼道：“咋你们的鼻子都出血了？”却看见一个民兵朝着自己的鼻子指着，疑惑地用手背一擦鼻子，擦了一手背的血，才知道自己的鼻子也在流血。冯蛋子顿时就慌了。

而就在这时，他们的眼睛和耳朵里也开始流出了鲜血。一伙人下意识地用手擦了鼻子和眼睛，擦出满脸的血污，顿时个个都成了血人。

看到这样的情形，张幺爷惊讶得瞪大了眼睛。这样的情形对张幺爷来说简直是太熟悉了。尽管事情已经过去几十年了，但是他老子张连春临死时的样子他历历在目，和地厅里的人此时的样子几乎是如出一辙。

张幺爷这一惊非同小可，他大声说道：“糟了，糟了，我们得赶紧出去，这个洞洞里头有血光鬼，我们多半撞血煞了。赶紧走。”说着转身就要朝地洞外爬。然而，当张幺爷一转身之时，他顿时就僵在那儿了，黑漆漆的地洞里，有一双双邪恶的眼睛正闪闪烁烁地在黑暗中发出阴森森的光！

张幺爷又是一惊，他扭头朝身后的石营长大声喊道：“大干部，赶紧看，好多血光鬼啊！”

石营长正眼睁睁地看着地厅里变成了血面人的冯蛋子他们，隐约听见张幺爷的喊声，一扭头，也看见了在地洞里闪烁的那一双双邪恶的眼睛，一直半曲着的身子一下子就直了起来。但是因为地洞太矮，头硬生生地碰在了硬邦邦的石头上，石营长顿时有种眼冒金星的感觉，身子又曲了下来，塞住耳朵的手指也不由得松脱了。而那种能够穿刺耳膜的声音却消失了。

石营长大惊失色的同时用手掏了下耳朵，世界又恢复了原来的喧嚣，却是鬼哭狼嚎般的嘈杂，因为地厅里的冯蛋子他们现在已经开始炸了锅般地慌乱起来。有几个民兵急着要从这地厅里脱身，已经跑到了洞口的下面要朝洞口攀爬，同时看见了堵在洞口的石营长他们，于是伸出一双沾满血污的手，哀号般地朝石营长他们大声喊：“救救我们啊！赶紧救救我们啊！”

此时石营长哪儿还顾得上地厅里的人，地洞里那一双双阴森邪恶的眼睛正在一步步地朝着他们靠近。

张幺爷看看地洞里逐渐朝他们逼近的邪恶东西，接着又转过头朝石营长声音发颤地喊：“咋办？大干部，我们咋办？撞煞了！撞煞了！”

石营长朝张幺爷大声喊道：“把手指松开和我说话。”

六神无主的张幺爷朝石营长“嗯”地问了一声。

“把手指松开和我说话！”石营长又朝他大声喊。张幺爷这才松开了手指。

崔警卫和兆丰也同样发现了状况，他们也听见了石营长的大喊声，也松开了塞住耳朵的手指。

张幺爷开始本能地朝着后面退却，因为恐惧和紧张，牙齿颤得“嗑嗑”地响，嘴里念叨着：“不听老人言吃亏在眼前。我老子临死前就交代过，不要随便进村子里的地底下，不要随便进村子里的地底下。撞煞了！撞煞了！”

石营长拉了一把已经被恐惧搞得失去了理智的张幺爷，大声说：“张幺爷，你冷静点好不好？”

张幺爷似乎没有听见石营长的话，嘴里依旧含含糊糊地说着话，身子依旧朝着后面退。

而地洞里那一双双邪恶的眼睛已经逼迫得越来越近了，而且似乎越来越多，越来越密集。

石营长已经来不及顾及张幺爷，他居然朝崔警卫和兆丰一笑，轻松地说道：“你们怕了没有？”

此时崔警卫一双大眼睛里露出的眼神格外明净单纯，他居然也朝石营长轻松地一笑，说道：“不怕！”

石营长朝崔警卫竖了竖大拇指，笑道：“好样的，小崔。你呢？”他又问兆丰。

兆丰也一笑，说：“我要是有把枪，底气就和你们一样足了。”

石营长从腰间拔出手枪，还真递给了兆丰，说：“你拿着，见机行事。”

兆丰没想到石营长把他的玩笑话当了真，又把枪递给石营长说：“你说的是笑话。你使枪比我合适，不会浪费子弹。我枪法没你的准。”

石营长听兆丰说得也有道理，就朝崔警卫说：“小崔，把你的那把匕首给他吧。”

崔警卫二话没说，从裤腿里拔出了一把寒光闪闪的匕首交到兆丰的手上。

而一直朝后退的张幺爷却“扑通”一声掉进了地厅里……

26 倒戈相向

张幺爷掉到地厅里去了，石营长他们并没有发觉，三个人把全部的注意力都集中在了朝着他们步步紧逼过来的那一双双闪烁着邪恶寒光的眼睛上。

三个人中，崔警卫毕竟年轻，在漆黑的洞穴中面对如此密集的光点，也不禁有些胆怯了。

“营长，会是什么东西？”崔警卫小声朝石营长问。

石营长的眼睛一眨不眨地死盯着那些密集的光点，说：“我也不知道。”

“会不会是老鼠？”

“天底下没有那么大的老鼠。”

这时兆丰说：“一定是刚才那种奇怪的声音把这些东西招来的。”

“你觉得这些东西应该是什么？”石营长又朝兆丰问。

兆丰摇头小声说：“不知道。”

“怎么办？营长！”崔警卫又小声问道。

石营长没有回答崔警卫的话，而是用更加敏锐的目光窥探着这一群庞大的不速之客。

而掉进地厅里的张幺爷来不及顾及被摔疼的屁股，朝冯蛋子和一群民兵们大声喊："你们撞煞了！撞血煞了！"

而冯蛋子他们哪里还能听见张幺爷叫喊的声音，一个个只顾着害怕，在地厅鬼哭狼嚎地乱成了一锅粥。有两个人纵跃起来，已经攀到了两米多高的洞口上，一双血淋淋的手死死地抓住了洞口的边缘。因为都想抢先爬上洞口远离这个恐怖之地，而能够用脚使上力气的凹槽却只有一个，所以两人便相互挤踹。伸手慢半拍的一个民兵被另一个毫不留情地踹了下来，被踹下来的民兵当然不心甘，于是翻身从地上跳起来，扑上去拖住尚且来不及朝洞口爬的那人的双腿，"轰"的一声把那人硬生生地拽了下来。两个人一起倒在地上。

被硬生生拽下来的那人发了急，朝拽他的那人恶骂了一声粗话，便扑上去，两个人就在地厅里扭打成了一团儿。

冯蛋子此时已经在恐怖和惊惧中变成了无头苍蝇，当他发现洞口是唯一的出路时，早已顾不上在地厅里扭打在一起的那两个民兵，几步冲到洞口底下，朝另外的民兵大声喊："赶紧过来给老子当肉梯子，顶老子上去。"

冯蛋子的喊声在此时虽然依旧蛮横霸道，但是民兵们的耳朵早已失聪，根本听不见冯蛋子在朝他们喊什么。看见冯蛋子抢先到了洞口底下，一时间都明白了那个洞口在这个凶险之地意味着什么，于是一起争先恐后地朝着洞口拥挤过去。

冯蛋子见这些平日里服服帖帖的人一下子不听自己的招呼了，一时间有点调整不过来心态，又大声喊道："你们跟老子抢啥子？等老子先上去！还有没有规矩哦？"

民兵们一是听不见冯蛋子的喊声，二是根本也不会听冯蛋子的话，反而簇拥在洞口，把冯蛋子硬挤了出去。

冯蛋子的绝对权威在恐惧的威慑下被彻底地瓦解掉了，一时间又惊又怒，脑门子“轰”的一声燃起了一团烈火，头脑瞬时滚烫起来，身体内的每一根神经都震怒了。于是他从身边一个民兵的肩膀上一把扯过去步枪，“哗”地拉动了枪栓，朝着一个民兵的后背开了一枪。

步枪子弹射出去时发出的声音在狭小的地厅里没有扩散开去，震得张幺爷和石营长他们的耳膜“嗡嗡”地响。

冯蛋子和民兵们听不见步枪射击的声音，但是他们却感受到了空气中的震动，于是突然间都停住了拥挤，一起扭头看着冯蛋子。而那个后背中了子弹的民兵已经软塌塌地朝地上滑了下去。

开了枪的冯蛋子反而愣住了，傻站在原地，看着那些停止了拥挤的民兵。这时他才发现，这些满脸血污的民兵们的眼睛里都跳动着一束束诡异邪恶的火苗子。这一束束火苗子烧灼了冯蛋子的每一根神经，他从每个瞳孔中看到了能够将他淹没和吞噬掉的愤怒。

冯蛋子胆怯了，害怕了，他大声朝盯着他的民兵们喊：“你们想干啥子？”

民兵们当然听不见他的喊声，而是朝他一步一步逼上来。

冯蛋子预感到了什么，又拉动了枪栓，朝民兵们大声喊：“你们究竟想要干啥子？想要造反哇？想要不听招呼了哇？”

也许冯蛋子再次拉动枪栓是一个实实在在的错误，这个威慑性的动作无异于火上浇油。这些民兵们也许都懂得先下手为强的道理，在冯蛋子还没来得及把步枪端起来的时候，已经有几个民兵朝着他一扑而上。

民兵们的倒戈一击完全出乎冯蛋子的意料，他根本就没有想到自己草率的行为会带来怎样的后果，一愣神间就被几个民兵轻易扑倒在地。

这些民兵此时就像中了邪一般，一起上去，朝着冯蛋子拳打脚踢地一顿暴揍。被淹没在人堆里的冯蛋子发出一阵惨烈的呼吼声：“好！好！你们这些狗日的！你们敢打共产党！哎哟！打得好！哎哟！打得好！哎哟！妈呀！妈呀……救——命！救——命——啊……”

一旁的张幺爷开始还有点惊慌失措地想要上去拉劝这些失去理智的民兵，这时听见冯蛋子杀猪一般的呼吼声，张幺爷反而咯咯地笑了起来，说道：“你狗日的也有今天，遭报应了哇？背时倒灶了哇？呵呵……打得好！给老子使劲打！呵呵……”

而洞口的石营长他们已经无暇顾及地厅里的混乱，他们全神贯注地死盯着越逼越近的那些神秘可怕的家伙。在距离他们有四五步距离时，这些家伙居然停住了。而阴森森的豆点寒光却在漆黑的空间里闪闪烁烁。

石营长、兆丰以及崔警卫都没有动，他们屏住呼息，每一根神经都在感应着对方的丝毫动静。

喧嚣混乱的地厅此时跟他们似乎是毫不相干的。

突然，地厅里的那盏马灯也在混乱中被踢灭了，整个世界顿时陷入了一片黑暗中。

失去了仅有的光线，民兵们就像收到了统一的行动命令，立马住了手，不动了。地厅里瞬间安静了下来，只有冯蛋子一长一短的哎哟声显得格外的别扭。冯蛋子“哎哟”了几声，也没有声息了。这一刻，时间停止了，空间也似乎静止了，只有各自“怦怦”的心跳声和轻微的喘息声。

石营长他们都觉得奇怪。

崔警卫附在石营长的耳朵边小声说：“营长，怎么一下子就安静下来了？”

石营长在黑暗中用手肘碰了碰崔警卫，示意他不要出声。

在死一般寂静的狭小空间里，弥漫着的是一种诡异和恐怖的气息。这种气息黏稠压抑，几乎令每一个人都喘不过气来。

那些在黑暗中闪烁着的光点这时变得愈加诡异，就像已经拉弓上弦的一束束冷箭，只等一声令下，便会“嗖嗖”地朝着石营长他们直射而来。相隔的距离是如此的近，他们没有丝毫可以躲避的机会！

石营长用手轻轻拉了下崔警卫的衣角。崔警卫心领神会，他又拉了一下兆丰的衣角。兆丰也是心领神会。三人开始悄无声息地朝后面退了几步，试探着从洞口下到地厅里。

三个人从洞口滑下地厅的动作娴熟精准。地厅里的人根本没有察觉出又多了三个人，眼前一抹黑的张幺爷当然更没有察觉到。

石营长他们在地厅里潜伏了起来，眼睛仍旧观察着洞口处的细微动静……

被翅膀拓展的空间

被围困在这样狭小黑暗死寂的空间里，很容易让人产生绝望的情绪。崔警卫很不习惯，他不由得在黑暗中东张西望，企图看到哪怕一丁点的光亮。然而，黑暗和死寂已经像茧子一样把这里死死包裹住了，即使渴望看见萤火虫那样微弱的光点也只能靠幻想了。

崔警卫禁不住又附在石营长的耳朵边小声问：“营长，怎么办？就这么一动不动吗？”尽管崔警卫已经把自己的声音压得低得不能再低了，但是，在地厅里依旧能够清晰地听见他的声音。

张幺爷听见崔警卫的声音，才知道石营长他们已经下到地厅里来了，一直在黑暗中怦怦跳个不停的心顿时踏实了许多。他睁眼瞎般地朝崔警卫发出声音的那个方位摸索过去，等摸到石营长的头时，石营长抓住了他的手，示意他蹲下。张幺爷蹲下来，一只手还在黑暗中摸索，小声说：“咋一下子就这么安静了？”

石营长捏了捏张幺爷的手，让他别出声。

这时，地厅的顶部发出一声奇怪的轻响，像是翅膀扇动的声音。稍后，凝滞的空气似乎也动了一下。

地厅里所有人的神经都变得敏感而且脆弱。就是这么轻微的动静，每个人都真真切切地感觉出来了。

“有东西在上面扇翅膀？”张幺爷自作聪明地小声说。

出于职业习惯，崔警卫把目光调向了地厅的顶部。虽然看不见任何东西，但是他却更加清晰地听到了地厅顶部有翅膀扇动的声音。

突然，石营长轻声低吼道：“注意了！”石营长警惕的低吼声就是信号，崔警卫急忙把眼睛调向了洞口的方向。

洞口出现了几束冷飕飕的寒光，这几束寒光似乎在朝着地厅的底部窥视。

“它们要进来了！”崔警卫不无紧张地小声说。

崔警卫的话音还没落定，突然传出几声翅膀扇动的声音，那几束出现在洞口的光点一下子射出了洞口。石营长他们的头顶上瞬间多了几双翅膀，它们把整个地厅的空气搅得流动起来，一股股阴冷的风在地厅里旋动飘移。

石营长和崔警卫他们一时间好生奇怪。

“原来这些东西会飞？”崔警卫恍然大悟般地说。

石营长没有应声。

“是蝙蝠！”崔警卫又说道，声音也放松了许多。

张幺爷听了崔警卫的话，心里也像是一块大石头落了地，顺嘴问道：“你咋晓得是蝙蝠？”

崔警卫很有把握地说：“只有蝙蝠才有在黑暗中飞行的本领。”

听崔警卫这么说，张幺爷也恍然大悟般的彻底放松了心情，说道：“你说这个话我就真的醒豁过来了。还真的是这些东西，把老子吓得！这东西的眼睛最灵性，尽是晚上出来找活食。它拉的屎就是一个治睁眼瞎的单方，要是哪个有青光眼的，只要用它的屎做药引子吃了，保证眼睛透亮，走夜路也不会绊跤子！”

崔警卫却说：“你那纯粹是没有科学根据的瞎说。”

“我才没有瞎说呢，老祖先都用这个单方的。”

因为紧张的心情放松了下来，崔警卫这时突然有了极强的说话欲望，轻笑一声说道：“我来给你解释一下你那个单方为啥子是错误的。民间有这个单方其实一直是以讹传讹的结果。以为蝙蝠晚上也可以在天上飞来飞去的，就像长了夜视眼一样，就觉得蝙蝠的眼神特别灵光，所以拉的粪便就牵强附会地成了治青光眼的单方了。其实才不是这么回事呢。蝙蝠在飞行的时候，它喉部内能够产生超声波，超声波通过口腔发射出来。当超声波遇到昆虫或障碍物而反射回来时，蝙蝠能够用耳朵接收，并能判断探测目标是昆虫还是障碍物，以及距离它有多远。蝙蝠的这种探测目标的方式，叫做回声定位，跟雷达是一个道理。其实蝙蝠完全是睁眼瞎，呵呵……”

张幺爷当然不信崔警卫的话，就朝石营长问道：“大干部，你信他说的话吗？”

石营长这才小声朝崔警卫说：“小崔，你给老革命说这些有卵用啊？有宝显不出来了是不是？”崔警卫就不做声了。

这时，张幺爷又咦了一声，说道：“也不对啊！你说在上头飞的这些东西是蝙蝠，哪儿有这么大的蝙蝠哦？”

张幺爷提出的这个问题也正是石营长和兆丰两个人猜不着的问题。石营长和兆丰一直仔细地在黑暗中观察着在头顶上盘旋飞舞的这些神秘家伙。它们的翅膀应该又宽又大，在地厅里卷起的冷风甚至有一股股刚猛的气势。而洞口处，这些神秘的家伙还在接连不断地飞到地厅里。

这时崔警卫喃喃说道：“营长，好像不对！真的不对！”

深陷在黑暗中的石营长没有理会崔警卫的话。

张幺爷却大惊小怪地朝崔警卫问道：“咋不对了？”

“空间变了！”崔警卫小声说。

“空间变了？”张幺爷被崔警卫的话搞得摸不着头脑了。

"看来要出大的幺蛾子了！"一直没有出任何声音的兆丰这时小声说道。

这时张幺爷朝看不见一点光线的头顶上看去。头顶上方漆黑一片，周围的世界也漆黑一片。但是，一双双宽大的翅膀在空气中扇动时搅动的气流却越来越混乱刚猛。

"这么小的一间地厅，咋经得起这么多东西在里头飞啊？"张幺爷终于看出了问题的所在。

"难道不是蝙蝠？"崔警卫小声问道。

"要真是蝙蝠就好了！"兆丰在一旁应道。

"那是什么？"

"是卧牛山蛮洞里的邪灵跑出来了。"兆丰说。

"蛮洞里的邪灵？"崔警卫有些吃惊。

"我也只听说过，没有见到过。如果我没有猜错，应该是那种东西。"兆丰说。

"但是，我感觉周围的空间好像突然间变得很大了。"

"是啊！这就是卧牛村地底下一直不为外人所知道的神秘所在。看起来，我们好像触动了什么东西，不然是不会出现这种情况的。"兆丰又说。

突然，崔警卫小声惊呼道："快看，上面好像有变化了！"

听到崔警卫的惊呼声，石营长和兆丰都情不自禁地抬起头望去，一道极其耀眼的光线就像一把利剑刺进了他们的瞳孔，石营长他们的眼睛顿时就有了瞬间失明般的感觉，眼前的所有景象都被一团白花花的光芒笼罩。

极致的黑暗过后就是极致的惨白。

石营长他们对这突如其来的逆转景象甚至连短暂的适应机会都没有，一时间懵了，本能地将眼睛死死闭上，并且用手背护住。尽管如此，白晃晃的光亮仍旧穿透了手背和眼帘进入了他们的视网膜里，眼前白光闪烁，一片浩荡……

而头顶和耳畔被那一双双翅膀卷起的气流变得更加激越混沌了，就像形成了罡风之势。

当石营长他们试着再次睁开眼睛朝头顶上部望去之时，眼前的景象顿时将他们惊呆了。只见原本尖形的金字塔状的穹顶正在朝着四面缓缓张开，刚才的那一束极其强烈的光线就是从最尖处直射下来的。

此时金字塔的穹顶已经张开了一半，而且还在继续扩张，整个穹顶也变得高不可测。一道大光从敞开处铺散下来，地厅里所有的人都被笼罩在了一片雪白的光线中，每个人的身体都被镀上了一层虚幻的色彩，变得极其不真实起来。

而那些长着巨大翅膀的家伙已经在半空中旋转飞舞。因为无法估算穹顶的高度，于是便不能知晓那些家伙飞行的高度。原本狭小黑暗的地厅，眨眼之间变得宽广无垠了。

冯蛋子和那些民兵们就像被这突然而来的光亮照傻了一般，一个个呆若木鸡，一动不动。

28 暴龙肆虐

突然张幺爷惊慌失措地喊道：“我的眼睛！我的眼睛！我的眼睛咋啥也看不见了？白晃晃的一片，就是啥子也看不见！”

石营长他们闻声看去，只见张幺爷伸着双手，眼睛僵硬地直视着前方，摸摸索索胡乱移动着步子。

兆丰小声说道：“糟糕，他刚才一定是被那道强光把眼睛刺瞎了。”

石营长朝崔警卫命令道：“快上去扶住他。”

崔警卫翻身起来，跑过去扶住张幺爷，说：“老人家，你眼睛咋啦？”

张幺爷握住崔警卫的手，镇定了许多，喃喃说道：“瞎了！我的眼睛瞎了！看不见了，啥也看不见了！”

崔警卫伸出手掌在张幺爷的眼前晃了晃，说：“你能看见我的手吗？”

“看不见了！啥子都看不见了！睁眼瞎了！”说着，张幺爷的眼睛里流淌出两行混浊的泪水。

崔警卫安慰他道：“老人家，不要灰心，兴许过一阵子你的眼睛就能看见的。刚才那道光太强，你的眼睛被晃花了，过一阵子就好了。”

张幺爷不理会崔警卫的话，嘴里继续喃喃地说道：“咋就看不见了？咋就看不见了？”崔警卫把张幺爷扶到石营长身边坐下。

兆丰的眼睛一直一眨不眨地看着在空中飞舞的那些巨型蝙蝠一样的家伙，从那些家伙宽大的翅膀在半空中扇动时的动作可以看出，它们的翅膀都是极其威猛有力的，完全可以感觉到翅膀扇动时的风云激荡。这些家伙在半空中盘旋，似乎不急着冲出穹顶张开后圈定的这一方天空。被圈定的这一方天空很远很高，石营长他们就像坐在一口巨大的竖井内。

这种亦真亦幻的景象令石营长他们极其不适应，但又没有要走出这口竖井的强迫感。

突然兆丰大声喊道：“不好，它们要俯冲下来了，赶紧抱在一起！赶紧！”

石营长和崔警卫没有从兆丰的喊声中醒过神来，只是疑惑不解地看了眼他，然后再把目光调向天空。那些一直在半空中盘旋着的家伙原本是各自飞着的，显得密集凌乱。而此时，这些家伙杂乱的身影开始逐渐变得有了次序和层次，渐渐地组成了一条线形队伍。这条线形的队伍刚好围着竖井四壁拉成了一道旋转的圈。

“它们果然不是蝙蝠。它们是有次序和组织的，它们是有思维的家伙。”兆丰望着那道旋转的黑色弧线说道。

说话间，一股旋动的强大气流在不知不觉间形成了，石营长他们的衣摆被刮得舞动起来。

兆丰再次朝石营长和崔警卫说道：“赶紧抱成一团吧，它们真的要开始俯冲了！”

“你怎么知道它们要俯冲了？”崔警卫问。

“因为它们已经伸出了利爪。”兆丰严峻地说。

兆丰的话让石营长和崔警卫将信将疑又不敢不听，他们和张幺爷面对面地抱在一起，形成了一个小的圈子。

兆丰又朝依旧呆愣的冯蛋子他们大声喊道：“赶紧学我们一样抱在一起！”

此时冯蛋子他们处在一片无声的世界，完全听不见兆丰的喊声。兆丰明白了过来，急忙起身，朝冯蛋子他们那边跑过去。

然而，此时一股强劲的罡风已经形成，可以真切地感受到极其强劲的风眼正从上部空间兜头而下。凭直觉，石营长判断出那股风眼正罩在冯蛋子他们那伙人的上空。石营长朝兆丰大声喊道：“赶紧过来，别过去！”

兆丰已经顾不上石营长的喊话，他上去拉住冯蛋子的手，大声喊：“赶紧叫你的人抱在一起！赶紧！”冯蛋子却像傻子似的用恶狠狠的眼睛盯住兆丰。

兆丰抬头看了下天空，突然，一道剧烈的弧光从天空一划而过，那道风眼旋出了一股气流的虚影，将兆丰和冯蛋子他们牢牢地罩住了。

石营长暗叫了一声“糟糕”，想要起身进到风眼里拉出兆丰。但是，当他站起来时，那股风眼旋动时产生的离心力直直地将他朝外面扯出去。石营长急忙蹲下身，仍旧有要被刮跑的危险，他索性四肢张开，平趴在地上。

张幺爷和崔警卫也同样承受着这股强大的离心力的袭击。眼看着坐在地上的身子开始摇摆倾斜，就像一棵在风雨飘摇中的老树，随时都会有被连根拔起的危险。

石营长朝崔警卫大声喊道：“赶紧趴下！趴下！”

崔警卫急忙四肢张开，平趴在地上。然而双眼看不见的张幺爷却不知道该怎么做，听见石营长喊趴下，他没有丝毫反应，反而不分东西南北地问：“趴下做啥子？”刚刚趴下的崔警卫见事情紧急，一个蛤蟆纵跃，一下子把张幺爷扑倒在地，身子死死地压在了张幺爷的身上。

当趴在地上承受着罡风袭击的石营长和崔警卫再次艰难地抬起头时，

只见那道一直在半空中旋动的黑色弧线已经开始俯冲，直直地从半空中朝着旋动的风眼直射而下。那道旋动的无形无色的气流顿时变成了一条黑色的暴龙，在这口巨大的竖井里狂舞开来，并且发出“呜呜”的剧烈呼啸声。呼啸声里，夹杂着鬼哭狼嚎般的惨叫声。

石营长、崔警卫以及张幺爷终究没有抵挡住暴龙旋转时带出的强大气流，身子被刮得离地而飞。

黑色的暴龙在竖井里贴着地面肆虐旋动，速度越来越快，带动的气流越来越强，能量越积越厚，风眼“呜呜”的呼啸声最后演变成了刺耳的尖啸声。最后，暴龙朝着空中飞升了上去，瞬间便旋转着跃出了穹顶圈定的这一方天空……

29 浊世之眼

黑色的暴龙消失了，剧烈的罡风也停止了，竖井里一切都归于平静，仿佛什么事都没有发生一般。

“究竟发生了什么事？我咋感觉飞起来了。人呢？人呢？”竖井里传出张幺爷响亮的喊话声。喊话声在竖井的四面被反弹回来，发出阵阵回音。

石营长和崔警卫被刮得相隔足足有几百上千米远，竖井里的空间此时变得极其空旷。张幺爷的喊话声他们两人听得真真切切，却看不见张幺爷的影子。张幺爷的声音在竖井里产生了同声效应，所以并不能根据声音来判断张幺爷的位置。石营长和崔警卫四下里寻找着张幺爷。

崔警卫找了一阵，终于看见了在对面半壁上那口洞穴里的张幺爷。原来强劲的气流居然将张幺爷刮进了那口洞穴里。张幺爷正摸索着从洞口里爬出来。

崔警卫怕看不见东西的张幺爷从洞口里掉下来，大声朝张幺爷喊：“别动！会掉下来的！”

张幺爷并不知道崔警卫是在提醒他，他也根本不知道自己现在的处境，听见崔警卫的声音，仰起头大声回应道："你在说哪个会掉下来？"

崔警卫见张幺爷已经哆哆嗦嗦地爬到了洞口的边缘，急得抓耳挠腮。

张幺爷此时所处的洞口离地面足足有几十米高。眩晕!

石营长离张幺爷所处洞穴的距离要近些，于是朝张幺爷大声喊："说你会掉下来，叫你别动！"

睁眼瞎的张幺爷终于明白了石营长和崔警卫是在提醒自己，于是停止了爬动，喃喃自语地说："咋就怕我掉下去了？该不会是把老子吹到悬崖坎坎上了。"正自顾自地说话间，就听得背后有人问道："张韦昌，你咋弄成这副狼狈相了？"

张幺爷听见是静园老和尚的声音，立刻爬着回过身，说："老和尚，你啥子时候来了？赶紧扶我下去，他们说怕我掉下去。我不晓得现在我在哪儿了，我眼睛瞎了！"

静园老和尚又道："张韦昌，你眼前已经没有了路，你叫老衲如何扶你下去。"

张幺爷看静园老和尚只知道在那里说，肝火大动地怒道："你老衲个铲铲哦！没有路，你又是咋个来的？"

"老衲从来路而来，往来路而去。"静园老和尚说。

张幺爷被静园老和尚搞得有点抓狂了，连声说道："爬爬爬爬爬，老子自己晓得咋下去。"说着又要调转身子，想朝前面爬。

这时，下面又传来石营长焦急的喊话声："叫你别动！你听见没有！"张幺爷从石营长喊话的声音里判断出了自己现在所处的高度，停住了，说道："当真把老子吹到悬崖边边上了啊！"

石营长也看见了出现在洞口的静园老和尚和白瑞峰以及庹铮，于是朝静园老和尚大声喊道："老师父，你能去找一根绳子把我们拉上去吗？"

静园老和尚没有回答下面石营长的话，倒是先仔细地观察起张幺爷的眼睛来，问道："张韦昌，你的眼睛是怎么回事？"

“我也不晓得是咋回事。就像有两把刀一下子在我眼面前划了一下，就看不见了。”张幺爷说。

静园老和尚沉吟半晌，说：“张韦昌，你还想用眼睛看见东西吗？”

张幺爷没好气地说：“你这不是说的废话吗？哪个想当睁眼瞎啊？”

“既然你还想看见东西，张韦昌，看来你以后就得跟老衲过清静的日子了。”

“为啥子？”

“心若澄明，可以见如来。张韦昌，你这辈子想看这浊世，怕是没有这个机缘了。但是，塞翁失马焉知非福，老衲却可以带你去看见一个清静澄明的世界。”

“老子不懂你在说些啥子。”张幺爷越听越窝火。

静园老和尚呵呵笑道：“要不了多久你就会明白的。没有了这双眼睛，你就会更容易走出这个浊世，心里的贪嗔痴怨也就会少很多。张韦昌，你这条佛祖跟前撒泼的猴子，看起来是该回佛祖那儿去打坐了。”

张幺爷的嘴都快被静园老和尚气歪了，但是又毫无办法，只好又着急上火地朝静园老和尚怒声说道：“龟儿子，说话又酸又迂。”

下面的石营长见静园老和尚并没有理会他的话，有些气馁，双手叉着腰杆，看崔警卫朝他走过来。崔警卫也是一副无精打采垂头丧气的样子。

两个人已经搞不清这个世界究竟是发生了怎样的阴阳倒错，更搞不清自己究竟身在何处。

崔警卫走到石营长跟前，说：“营长，你感觉是不是在做梦？”

石营长没说话，望望天，眼睛却定住了。崔警卫见石营长的眼神有异，以为那条由罡风旋成的暴龙又旋回来了，于是顺着石营长的眼神望去，眼睛立马也瞪圆了。

只见上部的天空开始缺失，原本完全敞开的穹顶开始收拢闭合。竖井的地面上投射出了三角形的阴影，那是穹顶的倒影。

石营长呆望着逐渐闭合的一方天空，喃喃自语道：“我们究竟是在啥样子的世界里了？”崔警卫更是瞠目结舌，只是眼睁睁地看着头顶上的天空被逐渐分割缩小。

当金字塔式的穹顶就要形成之时，一道极亮的白光又从顶部利刃一般地射了下来。石营长和崔警卫已经有了先前的经验，急忙把眼睛闭了。

穹顶彻底闭合，所有的光线被阻隔在了另外一个世界里，时间开始转动，空间开始塌缩，世界又有了厚重感。石营长和崔警卫有种确确实实又回到了现实地面的感觉。但现实极其黑暗，伸手不见五指!

安静，与世隔绝般的安静。

黑暗中的石营长和崔警卫站在原地一动不动，他们真真切切地感觉到了被无限放大的世界怎样在转眼间缩小。

一种压抑感随之而来。

洞穴里的张幺爷先说话了：“咋我感觉天一下子又黑了一样？”

黑暗中，石营长朝崔警卫说道：“你去看看那盏马灯还在不在。”崔警卫“哦”了一声，开始在地上踅摸。

静园老和尚和白瑞峰他们设法下到了地厅里。

白瑞峰摸出两块白石头，磕碰了几下，庹铮用一个绒球状的东西接上了火，点燃了手中的一个火把。地厅里瞬间亮了起来，也有了些许的暖意。

静园老和尚神情凝重肃穆。石营长看着他，满脸的疑问。

30 难醒的梦魇

地厅还是原来的地厅，狭小昏黑寂静，四面的墙壁冷冰冰的，金字塔形的穹顶显得压抑沉重，只是那些神秘的图案变得愈加清晰起来。石营长和崔警卫情不自禁地望着穹顶，似乎想从穹顶上的那些神秘图案中找出刚才奇异景象的线索。

静园老和尚这时朝石营长和崔警卫说："不用看了，你们是看不出个究竟的。守护这个地厅的最后一个信使已经带上它的同伴一起飞走了。这个地厅已经不会再有打开的机会了？"

"信使？什么信使？"石营长不解地问。

"就是你们看见的那些长着翅膀的东西。"

石营长若有所悟，说："难道刚才顶子上发出诡异声音的东西就是你说的信使？"

"是的。这东西一直守护在这个地厅里，它用身体护着一块宝石。当它的身体离开宝石时，宝石就会折射出一道神秘的强光，穹顶的上部就会被这道强光分裂开，一个神秘的空间就会与这个地厅贯通。其实，这不是一个地厅，而是一条神秘的通道。”

石营长对静园老和尚的话将信将疑，说：“有你说的那么玄吗？不过刚才出现的情景，如不是亲眼所见，打死我也不会相信的。”

“你信也好，不信也罢，这些对你来说都是无关紧要的，只不过是加重了你的好奇心罢了。你们俗世中人有句老话叫‘玄之又玄众妙之门’，其实这道门是真实存在的，而且无所不在，只不过你们这些肉眼凡胎，一直没有找到它罢了。”

石营长觉得这静园老和尚说的话有些不着调调，对打消他心里的疑问没有丝毫用处，有点扯淡的嫌疑，于是说：“老师父，你说这些话我领悟起来还有点困难。我们现在不去讨论这门那门的，太玄的事情我们暂时不要去理会。我们现在还是先出去再说。”

这时，张幺爷却说：“唉，不对哦，我咋感觉少了好多人一样？”

石营长对张幺爷说：“是少了好多人，都被一场龙卷风卷走了。”

“你是说冯蛋子他们？”

“对，还有兆丰。”

“兆丰……他也被一起卷走啦？”张幺爷顿时急了。

石营长轻轻叹了一口气，说：“是的，他也被卷走了。”

“那么，我们现在在哪儿？”张幺爷急切地问，“还是在原来的地方？就是藏黄金的这个地厅？”

“是。”

“奇怪了！这个地厅里咋就会有旋头风，而且还那么大，把人都可以轻飘飘地吹走？”张幺爷喃喃说道。

这时，静园老和尚问道：“地厅里就剩下你们三个人了吗？”

石营长点点头。

“万展飞呢？”白瑞峰随声问道。

“被那个吴显涛带到老林子里去了。说是那拨偷黄金的家伙被困在老林子里了。”张幺爷说。

“吴显涛是谁？”

“我们这里的吴医官。专门医跌打损伤的。”

“哦？我怎么从来没有听说过这个人？”白瑞峰多了几分机警。

“你当然没有听说过，你又不是我们这儿土生土长的人。不过这个吴医官也不是在这儿土生土长的，听说他原先还是黄埔军校毕业的呢，胡宗南的烂杆子部队打败仗的时候，他跟着胡宗南过来的，过来的时候就留在这儿了，取了本地的姑娘家就落了根。”

听了张幺爷后面的话，白瑞峰的眉头就皱了起来，他朝静园老和尚小声问道：“静园师父，你看这里面会不会有什么蹊跷？”

静园老和尚沉吟半晌，说：“这个事情说蹊跷还真是蹊跷。吴显涛这个人我也是知道一些的，原先还到憬悟寺和我下过两回象棋，人挺精明干练，也很稳重，不显山不露水的，算是比较低调的。这个时候他突然露面出来，还真是不好说了，毕竟他的来路和渊源不比常人。会不会他真是被人布下的一颗棋子？”

白瑞峰沉吟半晌，不无忧虑地说：“静园老师父，你看会不会一直有人在卧牛村布一个局，我们现在都成了迷在这个局里的人？”

静园老和尚看了一眼白瑞峰，说道：“照这个状况看来还真不好说，毕竟卧牛村的情况太玄妙太复杂了。当初万展飞在万般无奈的情况下同张韦博周旋，也意识到了这个问题，只是没有太放在心上罢了，以为这个张韦博就和那个盗掘东陵的孙殿英是一路货色，只不过是想趁着乱世之秋发点国难财。现在从种种迹象看起来，我和万展飞有可能当初还真是低估了他。当初我们在用一种假象迷惑他的同时，他或许也一直在用另一种假象迷惑我们，如果真是这样的话，这个张韦博可就真的是太狡猾，太工于心计了。而他之所以最终没有对卧牛村真正下手，并不是他听信了万展飞的蛊惑，而是没有寻找到好的时机。也许他一直在寻找恰当的时机，但是人算不如天算，谁曾想到蒋介石会一败涂地，最后退缩到台湾，张韦博只好放弃卧牛村，跟着蒋介石躲到台湾去了。而卧牛村对张韦博来说，却是一个终身难醒的梦魇，即使到现在，他对卧牛村仍旧是念念不忘。唉！”

“我倒是觉得做这场梦的不仅仅是张韦博，还有比张韦博更具野心的人。”白瑞峰若有所思地说。

“你是说蒋介石？”

白瑞峰点头。

“我和万展飞当初也这么分析过。”静园老和尚忧心忡忡地说道。

“可是，卧牛村的秘密按理说已经把所有的线索都隐藏得很深了，他们又是从哪儿得来的这些线索的？”白瑞峰问道。

“或许，这个线索的泄露就是因为张连春。”静园老和尚说。

在一旁一直专注地听着静园老和尚和白瑞峰说话的张幺爷突然间听见提他父亲的名字，立刻接嘴道：“咋又扯上我老子了？都死了那么多年的人了，现在发生的事情和他有球的相干啊？你们不会连死去几十年的人也不放过吧？莫非还要把他从棺材里拖出来问个究竟？还真是连祖宗八代都不放过了！”

静园老和尚朝愤愤不平的张幺爷说道：“张韦昌，你别激动，我们现在只是在分析问题，看我们当初在哪个环节出了差错，并没有要责怪你老子的意思。”

“我晓得你们没有责怪他老人家的意思。再说，都死了几十年的人了，骨头都在棺材板板里头朽了，你们就是责怪他又有啥子用？我只是觉得，你们不能把该担的责任往死人的脑壳上推，让死人来背黑锅，这不厚道。另外，那个张韦博，我晓得我老子对他一直是不服气的，早晚都背地里骂他是我们张家屋头出的败类。我老子咋可能跟一个败类狼狈为奸嘛！他的为人，我这个当儿子的，还是晓得一点点的。”

见张幺爷竭力为他死去的老子辩护，静园老和尚笑道：“好了，张韦昌，我们不提你的老子了。剩下的事情，我们晓得去解决就是了。”

“这话还差不多。”张幺爷说。

静园老和尚和白瑞峰对望了一眼，说：“现在我们还真不能在这儿久待，我们得赶到老林子去。”

31 诡异的狗叫声

顺着狭小的洞口，静园老和尚和白瑞峰一行人等鱼贯而出。柴房里还是那么狼藉，几具民兵的尸体横七竖八僵直地躺在冰冷的地上，虽然显得并不恐怖，但却渗透出一股股凄凉的气息。

有野狗的身影在半掩着的木板门缝隙间鬼鬼祟祟地闪现了一下，之后便悄无声息地消失了。这几具尸首，对这群饥肠辘辘的野物来说，始终是一个不小的诱惑。

静园老和尚神情凝重地看了眼柴房里的情形，念了一声佛号，说道："也是遇上这一桩桩事情了，老衲连超度他们的时间也没有，真是罪孽啊！我看还是暂时把他们安置到地洞里去，免得被野狗趁没有人的时候分吃了他们的尸首。身体发肤受之父母，总得让他们落个全尸啊！"

听了静园老和尚的话，石营长和崔警卫也不等人吩咐，便开始动手把地上的尸首朝狭小的地洞里拖拽。白瑞峰和庹铮也不怠慢，吃力地搬动着尸首。

张幺爷的眼睛看不见，一脸木讷地站在原处，眼睛却是湿漉漉的。

搬完了尸首，石营长和崔警卫又寻了角落里的一块半大的残缺石板将洞口掩上，然后将散乱的柴草堆在洞口，拍了拍手，脸上已经是汗津津的了。

静园老和尚说了句："我们赶紧去吧。"说着率先出了柴房。石营长和崔警卫以及白瑞峰紧随其后。

庹铮迟疑了一下，上去搀扶住张幺爷，说："老人家，你现在的眼睛不大好使，要不我先把你搀回你家里？"

张幺爷却说："你搀我回去干啥？我也得去啊！"

"可是你的眼睛看不见啊！要是真有什么事情发生，到时候各人都自顾不过来，你怎么办？"

"咋办？最多老子的这把老骨头搭在老林子里就是了。现在，老子的眼睛也看不见了，往后越活越是累赘，还有啥好贪生怕死的？"张幺爷的犟性子又上来了。

庹铮虽然对张幺爷并不怎么了解，但也隐隐约约感觉出这个老头子的犟性子一旦上来，就是八匹马也拉不回来的，要是再劝说两句，反而会激怒他，于是也不再多说话，搀扶着他朝门外走。

阴森的巷子里泥泞湿滑，搀扶着张幺爷的庹铮不时地提醒他选半干的脚印子走，可是任凭庹铮怎么提醒，张幺爷脚底下还是乱踩一气，一双老棉鞋很快便沾满了淤泥并且湿了个透。

张幺爷乱了步子，摇晃着身子，扶着他的庹铮脚下也乱了方寸，也只好跟着张幺爷在泥泞的地上一阵乱踩。

张幺爷也被他搀扶得很不得劲，于是挣脱了庹铮死死挽住他的胳膊，说："你放手，我自己利手利脚地走还要好点。"

渐显气喘的庹铮却说："可是你的眼睛看不见啊！"

张幺爷却说："这条巷子里，老子的脚印子都镶满了，就是闭着眼睛，我也可以来来回回走上几百回。"

庹铮信了张幺爷的话，果然放了手，张幺爷却又说："你还是把我的手牵着，稍微带着我点。”

庹铮有点没好气地说：“你不是说闭着眼睛也可以在这条巷子里来来回回地走上几百遍吗？”

“闭着眼睛走路和眼睛瞎了是两码事。”张幺爷狡辩道。

庹铮对这个张幺爷好生无奈，只好又伸出一只手把张幺爷牵上。这样倒是比搀扶着张幺爷好走得多了。

而静园老和尚他们已经走出了阴森森的巷子，在一个转角处消失不见了，留下崔警卫站在巷子口等着庹铮和张幺爷。

穿过一片郁郁葱葱的竹林盘，开阔的田野就出现在眼前了。田野显得空旷寂静，寒冬笼罩下的麦苗和油菜苗沉寂低调，肥沃的黑土在浅浅的绿色中斑驳地显现出来。一场蓄势待发的生机在寒冷的冬天里预演着。

张幺爷果然是对卧牛村的一草一木熟悉得不能再熟悉了，庹铮扶着他走在一条条狭窄的田埂小道上，他嘴里能够絮絮叨叨地说出走到哪个地方了，包括到了哪条沟渠，沟渠上用棺材板铺的便桥，沟渠边有一棵什么样的树他都说得分毫不差。

庹铮对这个张幺爷还真的开始刮目相看了，说：“老人家，你咋就像是能看见似的，你该不是装的睁眼瞎吧？”

张幺爷居然被庹铮天真的问话逗得呵呵地笑起来：“你咋个兴说瓜话哦？哪个愿意当睁眼瞎啊？”

突然，传来一阵“汪汪”的狗叫声。张幺爷的耳朵立刻竖了起来，停住脚说道：“怎么是黑子在叫？”

庹铮看出张幺爷脸上的异样表情，也停住脚，问：“你听出啥不大对劲了吗？”

张幺爷停了半晌，又细听了一阵黑子的叫声，说：“黑子现在很怕，它像是看见了啥不该看见的东西了。”

庹铮对张幺爷说的话有些莫名其妙，说：“啥是狗不该看见的东西？贼吗？”

张幺爷却说：“你眼睛看得见，你看黑子叫唤的时候尾巴是拖着的还是翘起来的？是不是后腿像人一样站起来的？”

庹铮觉得张幺爷问的话奇奇怪怪的，况且他现在根本没有看见黑子的影子，从声音传过来的方位判断，狗的吠叫声应该在前面几十上百米开外的一片浓雾里。看见那一片浓雾，庹铮的心里顿时闪过一个诧异的疑问：周围的田野里都是清清爽爽没有一丝雾气的，怎么会在前面传出狗叫声的地方突然间起了一片白色的浓雾。这个疑问只是在他的心里闪现了一下，并没引起过多的疑问，他又略带几分好奇地朝张幺爷问道：“老人家，这狗叫的姿势还有什么讲究吗？”

张幺爷说：“这个讲究大得很！这狗要是在半夜三更的时候这样子叫唤，就一定是有啥脏东西在附近逗留或者经过，因为半夜三更是阴气最重的时候。还有，如果这狗一直就这么“汪汪”地叫唤个不停，多半就是孤魂野鬼停留在那儿了，没有离开。如果，这狗在叫唤的时候后腿是直直地像人一样站起来的，而且尾巴是垂下来的，那事情就有点麻烦了，逗留在附近的肯定是厉鬼！最吓人的是，狗边叫唤眼睛里还边流泪水，就证明逗留在附近的厉鬼有怨念……”

张幺爷说这话的时候，声音里不由自主地带出几分神秘兮兮的味道，饶是在大白天，庹铮的背心处也情不自禁地生出了一丝冷飕飕的凉意。

“老人家，这可是在大白天，不是深更半夜，你说这话纯粹就是没有根据地信口开河。”庹铮说。

张幺爷却说：“我晓得这阵子是大白天，所以我才觉得黑子这样子叫有点蹊跷。”

张幺爷此时的表情隐隐约约透出一丝诡异。庹铮把张幺爷脸上的变化看得很仔细，脊背处又冒出来股股凉意。

“老人家，你该不会经常在深更半夜的时候听到这条狗这么叫唤吧？”

“不是经常，经常听见它这么叫唤那还得了啊？”张幺爷说。

庹铮不经意地转过头，看见静园老和尚和白瑞峰他们都停了下来。而崔警卫正朝他和张幺爷这边走过来。

庹铮低声道：“怎么老和尚他们也停下来了，不会他们也和你一样听出啥不对劲了吧？”

张幺爷说：“你看，我就感觉不大对头吧。静园的耳朵比我的灵光得多。”

庹铮还真开始相信张幺爷的话了，看着朝他们走过来的崔警卫。崔警卫走过来说：“老师父叫你们就在这儿，别再朝前面走了。”

“有什么事吗？”庹铮问。

“不晓得，老师父就是这样吩咐的。”崔警卫说。

张幺爷这时却喃喃自语地说：“不对啊，大白天的，不该有脏东西出现啊！这狗日的黑子究竟看见什么了，叫得这么吓人！”

张幺爷的话又使庹铮凉飕飕的心使劲抽了一下，他和崔警卫面面相觑地对望了一下，然后一起看着张幺爷……

32 敏感的心灵

张幺爷按捺不住性子，朝前面的静园老和尚大声喊道：“静园师父，你听出啥不大对劲的地方了吗？”

前面的静园老和尚没有理会张幺爷。但黑子的叫声这时却停止了。

张幺爷喃喃地说道：“狗东西的耳朵还真是灵性得很呢。一定是听到我的声音了。”

张幺爷的话刚说完，就看见黑子的身影突然间从浓雾中箭一般地射了出来，直直朝着张幺爷这边疯跑过来。因为跑得太急，到了张幺爷的跟前收势不住，“呼”的一声射过了田坎，又一个急停急转，纵跃着到了张幺爷的脚跟前，在张幺爷的腿肚子上又是蹭又是咬裤管地撒娇。

张幺爷俯下身，拍着黑子湿淋淋的脖子，就像对小孩子般亲昵地说：“黑子，乖，跟老子说说，大白天的，你看见啥不干净的东西了？”

黑子摇着尾巴，伸出长长的舌头，“呜呜”地低吟着，就像小孩子受了啥委屈似的轻轻地抽泣。

张幺爷直起身，轻轻叹了一口气说：“看起来老林子里真的是藏了啥脏东西了，连黑子也吓成这样了。”黑子的身子果然在不停地哆嗦着。

这时庹铮小声说道：“那边的雾好像朝着我们这边侵过来了。”黑子也朝着雾气弥漫的方向发出几声“汪汪”的叫声。

张幺爷有些担忧地问道：“真的有雾朝这边过来了吗？”

庹铮嗯了一声，眼睛一眨不眨地看着朝着他们这边侵袭过来的雾气。很快，前面静园老和尚和白瑞峰的身影变得模糊不清了，就像被白茫茫的雾气溶解掉了一般。

庹铮小声说道：“这雾咋来得这么快。”

张幺爷恍然大悟般地说道：“我想起来了。我在朝霞寺的时候也遇到过突然间起雾的怪事情。赶紧蹲下，别出声。”

听张幺爷这么说，而且声音还那么紧张兮兮的，庹铮将信将疑，看了眼张幺爷，又看了眼崔警卫。崔警卫此时的表情说不出是淡定还是紧张，他也正看着庹铮。而张幺爷已经蹲下，将黑子抱在怀里。

庹铮和崔警卫面面相觑地对望了一眼，也只好照着张幺爷的样子原地蹲下了，因为白茫茫的雾气已经侵蚀了过来，丝丝冷气将脸颊割得生疼。

“记住，把眼睛闭上，最好捂住耳朵，无论听到啥动静，都不要动也不要出声。这雾多半就是障眼法，那些东西只要不去惊扰，一阵子就过去了，不会惹啥大麻烦的。井水不犯河水，两不相干。”张幺爷又朝庹铮和崔警卫叮嘱道。

庹铮和崔警卫对张幺爷的话当然是持怀疑态度的，可是听张幺爷说得那么煞有介事的样子，又不好不给他台阶下，所以只好不做声，相互间对望了一眼，莫名其妙地笑了笑。

而弥漫过来的雾气却在很短的时间内将周围的空间灌了个满。庹铮和崔警卫之间只相距了三四步的距离，而此时却已经看不见了。如此浓厚的白雾的确是显得有些蹊跷了。

黑子在浓雾中的低吟声变得愈加哀怨和凄婉。张幺爷轻声安抚黑子道：“黑子，别怕，别怕……”黑子果然就不做声了。

白茫茫的雾气突然停止了流动，世界在失去了所有的景象之时，周围的空间变得空旷而且寂寥。没有一丝声息，整个空间变得混沌一片。人在此时仿佛不是站在冷飕飕的旷野里，而是存在于鸿蒙之初的那种不太真实的状态中。一种独特的不期而至的孤立存在，会让人暂时迷失在空间和时间之外。

蹲在原地的庹铮越来越感觉到这雾气里的蹊跷成分。在他的记忆里，如此厚重的雾气是从来未曾见过也未曾经历过的。他索性闭上眼睛，用整个身心倾听着从这个混沌的世界里发出的哪怕是极其微妙的声息。然而，他突然感觉自己的心情变得极其凌乱起来，无论如何也难将心情平息下来，一颗心在胸腔里“扑通扑通”跳动得很是厉害。

这种心烦意乱的感觉来得突兀而且莫名其妙，他意识到，一定是他这颗敏感的心灵感应到了某种令他不安的信息了。于是他又张开眼睛朝四下里望了望，然而，出现在他眼前的世界只是一片白茫茫的混沌之状，任何事物都消失了。

庹铮突然感觉自己变得渺小而且茫然无助起来，心里泛起轻微的惊慌情绪，逐渐深切地感觉到一种从未有过的孤独感，有种被这个世界彻底遗弃的伤感从杂乱无章的心间油然而生。就像迷路的孩子般孤独无助的庹铮突然有了想流泪的感觉，他无奈地只好又将眼睛紧紧地闭上了，晶莹的泪水顺着白净的脸颊默默地开始流淌。

突然，一双温暖的手握住了他的手，他睁开眼睛，在最近的距离内，他看见一个模糊的人影就蹲在自己的旁边。是白瑞峰。庹铮对白瑞峰的身影很熟悉。

“别出声，庹铮。”白瑞峰小声对他说。

庹铮的信心顿时从悲凉的心境中滋生起来，他似乎被白瑞峰从一个迷失的世界中拽了回来。他朝白瑞峰轻轻点了下头。

这时，周围的环境出现了异动，原本寂然不动的空气似乎又开始了流动。

“把眼睛闭上，不要和你身边的气场发生感应，不要去感觉你周围发生的变化。”白瑞峰又小声对庹铮说。

庹铮在白瑞峰的提示下又紧紧闭上眼睛。他将身体内所有敏感的神经都尽量地关闭起来，竭力让自己处于一种平和放松的状态。而白瑞峰这时将他的手攥得愈加紧了。

庹铮虽然竭力让自己这颗敏感的心灵不和周围的气场发生感应，一直用毅力排斥着周围的世界，然而，身处在这个现实的世界中，各种奇妙的信息却像无孔不入无处不在的雾气一般，仍旧丝丝缕缕地浸入到他的感应器官里。

庹铮的耳畔出现了奇怪神秘的声音。这些声音杂乱而且不确定，就像捉摸不定的风声在他的耳畔迂回纠缠。庹铮很想真切地捕捉住这种奇怪的声音，于是他情不自禁地伸出了敏感的触觉。

白瑞峰一直紧紧握住庹铮的手，清楚地知道庹铮在和周围的世界发生着感应和交集。于是他将手上的力气加大了几分，向庹铮传递着某种信息。但是，庹铮拒绝了白瑞峰的提醒，他把感应的触觉深深地朝着他感应到的那个世界深入进去……

33 变形空间

一道白光在庹铮的眼前乍然闪现，一个无声的世界在这道强烈白光的闪射下出现在庹铮的面前。陌生和好奇令庹铮暂时忘记了自己的处境，心里甚至没有一丝一毫的恐惧感。

这个世界是如此的新奇和不可思议，一切似乎都是静止的，一切也似乎是虚幻变化的，时间和空间都变得极其不真切。所有的事物都被扭曲得夸张失真。

此时的庹铮就像一个懵懂无知的孩子，他在毫无思想准备的情形下被一把推入到了一个完全陌生的世界里。面对着这个从未见到过的世界，他除了满眼的新奇，剩下的就是满腹的疑问。

他首先关心的是自己现在究竟在哪儿。

那种奇怪的声音又在耳畔极不真实地响起，庹铮开始四下里寻找着这些声音的来源。

在这变形的空间里，所有的一切都是扭曲的，就连他听到的这些声音也是极其杂乱无章的。像人的笑声里夹杂着哭声，又像流动的水声里夹杂着北风的凄厉。

在这样的一个世界里，庹铮很快就把自己迷失了。

这时，一个模糊的身影像从水的波纹中模模糊糊地浮现出来，或者更像从一面哈哈镜中以一种变形的状态走了出来。庹铮很是纳闷，眼睁睁地看着这个谜一样出现在眼前的身影。而这个身影一直没有形成一个具体的固定的状态，在空间里扭曲摇摆。但是，庹铮还是能够分辨出这是一个披着一件黑色披风的老婆子的身影。

就在庹铮试图努力固定眼前这个不确定的身影时，有一个年轻女子的身影以同样的方式浮现在庹铮的面前，紧接着，一头黑豹的身影也以这样的方式出现了。

庹铮并没有感到惊讶，他现在极其想把出现的这两个人和一头黑豹的形象固定住。但是，这完全是徒劳。出现在眼前的影子虽然近在咫尺，却似乎不是真实存在于触手可及的现实世界里，而是出现在镜花水月的幻影里。

庹铮试探着伸出了手，他想用手去真切地触摸一下最先出现在他面前的那个老婆子的黑色披风。然而，庹铮的手里却是空无一物。

庹铮甩了一下脑袋，他终于确定出现在眼前的影子是一种幻觉。而耳畔那些奇怪的杂乱声音却渐渐清晰具体起来，疯狂的笑声、哀怨的哭声、凄厉的惨叫声、风声、流水声……

虽然出现在眼前的世界是如此的光怪陆离，但是庹铮却没有感到丝毫紧张和恐惧，他的内心反而变得极其坦然起来。

突然，在先前出现的那三个影子后面，重叠着出现了一个个愈加奇怪的影子。它们仍旧是扭曲变形的，但是庹铮可以很真实地分辨出这些都是形色枯萎的骷髅身影。

庹铮首先想到的是亡魂。这是一群无比诡异的亡魂，它们出现后，动作扭曲夸张，每一个细微的动作里都满含着一种挣扎和愤怒的情绪。

亡魂也是有感情的！披着黑色披风的老婆子这时开始移动，庹铮并不能看清楚她脸上的表情。年轻女子和黑豹也跟着动起来，那一群亡魂也随后跟上。

此情此景，庹铮就像是一个局外人，这些身影没有和庹铮发生过任何交集，庹铮是眼睁睁地看着他们从他的眼前一一走过，包括亡魂在他面前走过时，那一张张狰狞的脸上露出的夸张表情他都看得真真切切。

庹铮站在原地没有动弹，一直目送着这一群奇异的影子在眼前谜一样地消失。

“你看，我说啥来着，雾是不是很快就散了？”庹铮的耳朵边真真切切地响起了张幺爷的声音。

庹铮睁开眼睛，眼前出现的情形令他感到有点不可思议。他又回到了现实的世界里，眼前果然是没有了一丝雾气，田野、村庄、竹林，一切都是那么的真实具体。刚刚从一个虚幻的世界中回转过来的庹铮在一眨眼间又面对着这么一个具体现实的世界，令他的心里情不自禁地滋生出一种亲切感。

张幺爷的眼睛看不见，但是他却很准确地感觉出周围的浓厚白雾已经散去了。因为他怀里抱着的黑子一直紧绷着的皮毛松懈了下来，而且很轻松地摇摆着尾巴，用湿漉漉的舌头舔他的脸。张幺爷与黑子几乎是心灵相通的。

庹铮这时才看见他的身边不光站着白瑞峰，还有静园老和尚、石营长和崔警卫。他疑惑地站起身，对刚才看见的事物感到万分不解。

白瑞峰这时朝他说道：“庹铮，你刚才没有听我的话啊！要不是静园老师父给你隔了一层，你或许就真的被它们带走了。好悬！”

“它们是谁？谁要把我带走了？”庹铮问。

“亡魂。你没有看见吗？”白瑞峰说。

“难道你们也看见了？”庹铮答非所问。

这时静园老和尚说道：“隔着茫茫白雾，我们是看不见的。只有你异于常人的敏感，才可以透过这么浓厚的雾气看见它们。它们的无所皈依注定它们会成为咒怨的奴隶。你应该听见了它们的委屈和愤怒。”

“我是听见了奇怪的声音，看见了很不真实的影子，它们就在我的眼前真真切切地路过，它们是在一个老太婆的带领下朝着那边走的。”庹铮用手指了指不远处的卧牛村。

静园老和尚有些无奈地说道：“面对疯狂的梦魔，看起来御风也是无能为力，她也被神风挟持住了。卧牛村，这个神秘的入口，不知道会给那个隐秘的世界带去什么灾难！”

听静园老和尚这么说，张幺爷好奇地接嘴道：“卧牛村咋就成了啥入口了？入谁的口？”

张幺爷的问题，静园老和尚已经没有时间再去理会，而是朝石营长和崔警卫、白瑞峰说道：“我们还是赶紧到老林子里去吧。那里面现在已经成了一个大陷阱了。”

不远处的老林子，一直笼罩着它的雾气也同样消失了。沉郁的荆竹林显得愈加郁郁葱葱……

34 疑窦丛生

白瑞峰这时看了一眼站在冷风中有些瑟瑟发抖的张幺爷，朝静园老和尚说道："我们进老林子里去了，这个张幺爷怎么办？他也跟着我们进去？"

静园老和尚面露难色，迟疑了一下朝张幺爷说道："张韦昌，你就在这儿等着我们，你走动不方便，老林子里你就不用进去了。"

张幺爷的倔脾气又上来了："我咋就不能进去？嫌弃我成你们的累赘了吗？我不会麻烦你们的，真要是遇上啥事情了，到时候你们各自顾各自的。我这把老骨头最多撂在老林子里喂野狗就是了。"

静园老和尚拿这个张幺爷还真是没有啥好办法，脸上露出为难之色。

白瑞峰这时朝石营长说："石营长，你看要不然这样，就让崔警卫扶张幺爷先回村子里去。让他在这田坝坝里等我们也不是办法。"

石营长刚要说话，静园老和尚却说话了："村子里是万万回去不得的了。刚才庹铮已经看见御风把那群游魂带进村子里了，不能再和它们打照面了。它们已经候在村子里，只等梦魔的一声号令了。"

“静园，你不会是说有鬼进了咱村子了吧？”张幺爷问。

“就算是吧。”静园老和尚说。

张幺爷却嗤之以鼻地说道：“你说这话我才不会相信呢！青天白日的哪儿来的鬼魂。就是有鬼魂，这个时候也是躲在阴间角落里不敢出来，哪个鬼魂不是在半夜三更阴气重的时候才会出来的？白天阳气那么重，哪个鬼魂承受得了？”

静园老和尚已经没有跟张幺爷较真的耐心，说：“你也就别再有这么重的好奇心了，现在跟你说这些也是说不清楚的。你在这儿等我们就是了。”

张幺爷一听静园老和尚还是要将他留在原地，顿时有点沉不住气地激动起来，提高了声音说道：“你们走，你们走，谁让你们假慈悲地管我了？你们前脚走你们的，我后脚晓得跟着来。这儿的沟沟坎坎，我就是闭着眼睛也跟睁着眼睛是一样的，不用你们来操心我！”

面对张幺爷的犟劲，在场的人还真是拿他没有一点办法。

白瑞峰万般无奈地对静园老和尚说道：“要不还是带上他吧。”

静园老和尚的眉毛皱得紧紧的，忧心忡忡地说道：“只怕带上他会生出更多的波折啊！”

“有多大的波折，我都不会连累你的。”张幺爷一听静园老和尚这么说，又立刻大声说话，接着又朝脚边的黑子大声喊道：“黑子，给老子带路，我们进老林子里去。我就要看看，离了你们，我张幺爷还活不活？！”

黑子还真是能够听懂张幺爷的话，居然咬着张幺爷的裤管朝前面拖了一下，就屁颠屁颠地朝老林子的方向小跑起来。

张幺爷摸摸索索地跟着黑子就走，脚下却是踉踉跄跄的，随时都有可能掉下田坎摔倒。庹铮见状，急忙上去搀扶住他。石营长和崔警卫同时露出一丝苦笑。一行人开始朝着老林子里挺进。

老林子变得异常的安静。黑子似乎是人壮狗胆，远远地跑在前面，很快到了老林子边，却停住了，朝着老林子低吠了两声，然后扭过头，看着随后跟上来的静园老和尚他们，屁股上的尾巴摇得很是欢畅。

黑沉沉的老林子在冬日的冷风中静静地沉默着，展眼望去，铺天盖地的荆竹林十分沉郁厚重。

吠叫两声的黑子变得安静起来，甚至跑到一棵臭椿树下面提起一条后腿撒了一泡尿，然后又屁颠屁颠地跑到张幺爷的腿脚边磨磨蹭蹭地撒起娇来。

静园老和尚并没有带着白瑞峰他们贸然朝着老林子里深入。他变得有些谨慎起来。

被庹铮搀扶着的张幺爷因为眼睛看不见，显得有些着急，说：“咋站住了，是又有啥东西躲在里边了吗？”

大家都没有理会张幺爷，把注意力都集中在静园老和尚身上。

石营长也朝着黑黝黝的老林子里观察了一阵子，并没有发现什么异常情况，只是一片出奇的安静。石营长觉得静园老和尚刚才说的话是不是有点危言耸听了，于是他朝静园老和尚说道：“老师父，我们还进不进去？”

静园老和尚没有理会石营长的问话，而是愈加专注地朝着老林子里窥视和谛听。好一会儿才自言自语地说道：“怎么里面那么平静？”

石营长接口说道：“会不会是我们小题大做了？”

这时张幺爷也嘀咕了句：“好多时候都是自己吓自己。”

静园老和尚对石营长和张幺爷的话充耳不闻，他迈开腿，朝着老林子迈了进去……

35. 闪电出击

被茂盛的荆竹和灌木层层覆盖着的老林子里面比起林子外边要暖和许多，至少割得面部皮肤生疼的寒风是没有了，冬天里刺骨的寒意在这里面得到了彻底的缓解。

这时，倔犟的张幺爷改被崔警卫搀扶着在竹垄和灌木间磕磕碰碰地行走，很快就掉了队。崔警卫是一个独自行动惯了的人，这个时候搀扶着睁眼瞎的张幺爷在如此不得劲的环境中行走，显得很不适应。而这时静园老和尚他们已经顾不上掉队的张幺爷和崔警卫，在前面几垄竹子的遮挡下不见了踪迹。

张幺爷感觉出崔警卫搀扶着自己的别扭劲，稍微有点轻喘地对崔警卫说："小伙子，干脆你不要顾我了，你先跟上他们，我有黑子带路就可以了。我晓得慢慢地摸过去找你们，你别掉队了。万一他们在前面真要遇上啥大麻烦，你还可以帮上忙。我晓得，静园老和尚不是说瞎话来吓唬谁的。这老林子里啊，不干净的东西真的是接二连三地出现，天年是真的不好啊！"

对张幺爷这个倔犟的老头，崔警卫已经失去了仅有的耐心，听他主动让自己放手不再管他，有种求之不得的如释重负感，于是说："那你一个人在后面把细点，我撵他们去了。"

"去吧，去吧。"张幺爷说道。崔警卫还真放了手，快步朝着前面紧撵上去。

没撵出多远，崔警卫就看见了静园老和尚他们的身影。但是，静园老和尚他们却停止了行走，在原地蹲了下来，似乎在窥视着前面。

反应敏捷和职业素质极其过硬的崔警卫立刻意识到了前面一定出现了什么状况，于是警觉地将步子放慢放轻了下来，悄无声息地走近静园老和尚他们。

石营长扭头看看神情警觉的崔警卫，用食指放在嘴唇边朝他做了个不要弄出声音的手势，同时眼神中又生出几分疑问，不明白崔警卫怎么把张幺爷撂下了。

崔警卫走到石营长的身边蹲下，小声问："有情况吗？营长……"石营长朝前面指了一下。

透过几垄茂盛的荆竹，可以很清楚地看见有几个人影在走动。

"是谁？"崔警卫轻声问道。石营长摇头。

这时，眼尖的崔警卫又轻声惊呼道："营长，他们手上有枪。"

"早就看见了。"石营长说。

"难道真的是那伙盗窃黄金的人？"

石营长没有理会崔警卫，他的眼神变得极其冷峻，尖锐地盯着那几个移动着的人影。

一直没有出声的白瑞峰这时小声对静园老和尚说道："看起来那个吴显涛说得没有错，那伙人还真的是躲在这老林子里，说不定小杨子他们也在。"

"很难说这是怎么一回事，我感觉事情很复杂，阴的阳的都一起现形了。看起来，卧牛村的事情真的要穿了。"静园老和尚小声说道。

石营长这时移动身子过来，朝静园老和尚小声说道：“老师父，我看还是我和小崔先摸上去把情况搞清楚，实在不行我们就先下手为强。我观察了一下，不是很多人，最多四五个人，不出意外，我和崔警卫能够将这四五个人拿下。”

石营长说这话的时候自信满满。静园老和尚和白瑞峰当然也信任他，一起朝他点了一下头。

石营长朝崔警卫做了个他们自己才可以领会的比较复杂的手势，然后利用茂盛的荆竹和密集的灌木杂草做掩护，躬身朝前面悄无声息地蹿了出去。崔警卫敏捷的身子如同一只野猫一般紧随其后。

然而，这时却响起了张幺爷大呼小叫的声音：“子恒——张子恒——龟儿子的咋就不出声回应我一声？子恒——张子恒——”

张幺爷极其突兀的呼喊声是从左边的一个方位传过来的。在如此寂静的环境里突然响起，这种声音有种石破天惊的效果，就连静园老和尚和白瑞峰也被震住了，用讶异的眼神朝声音的方向看去。

但是林子里的荆竹和灌木生长得太茂盛密集，根本看不见张幺爷具体的位置。从声音发出的方位判断，张幺爷应该是在离他们左手处十几米远的地方。

刚刚蹿出去十几步的石营长和崔警卫听见张幺爷的喊声，也似乎被施了定身法似的，立刻停止了移动，在一丛荆竹后面躲了起来。

而张幺爷骂骂咧咧的声音依旧没有停止：“狗日的子恒，耳朵聋了？喊那么大声都听不见。”

而那几个一直移动着的身影这时已经站在原地不再动了，显然是张幺爷莫名其妙的喊声惊动了他们。

此时石营长和崔警卫已经可以透过前面仅有的几垄荆竹林看清楚状况，果然是几个国民党的士兵抱着美式卡宾枪在一个空坝子上警戒。

空坝子正是被雷劈中分裂倾覆的那棵大榕树腾出的地方。老榕树遒劲的枝丫散落在坝子上，仍旧是狼藉一片。

张幺爷突如其来的喊叫声并没有引起几个国民党士兵的任何警觉，因为他们从经验可以很准确地判断出，一定是一个不知天高地厚的冒失鬼不小心闯进他们负责警戒的范围了。这样的冒失鬼对怀里抱着卡宾枪的他们是构不成任何威胁的。几个人脸上甚至露出了一丝轻蔑的微笑。

而黑子这时已经蹿了过来，一下子停住，眼睛放光地朝那几个人低声短吠了几声。

张幺爷摸摸索索的身影也从林子里走了出来，听见黑子的几声短吠，问："黑子，咋又在干叫唤？又遇到生人了？"

其中的一个人看见从林里出来的黑子和张幺爷，终于还是笑了，说："咋会是一个瞎子？"

张幺爷听见那人的说话声，立刻站住了，沉着脸问道："你们是哪个？"

另一个人走上去，说道："你管我们是哪个？一个睁眼瞎不好好地在家里待着，跑到外面来瞎蹿个啥？"

张幺爷居然变得极其镇定："我找我的侄儿，他就在这里面。我喊他咋不应声？"

几个人听张幺爷这么说，开始仔细打量起张幺爷了，说："你一个人进来的？"

"不是我一个人进来的难道还有好多人？原先村子里倒是有好多人，不过都莫球名堂地一下子不见了。现在就剩下我这把老骨头了和我那侄儿了。"张幺爷说。

"这么说你就是卧牛村的人了？"

"是。"

"难怪我们刚才觉得你们那村子咋这么清静，一个鬼影子都没有看见。原来是村子里的人神秘失踪了啊！"

"那不是失踪了还是咋的？还不晓得能不能把他们找回来！"张幺爷忧心忡忡地说。

此时的张幺爷，对任何人都是不设防的。或许在他老实巴交的心里，根本就没有要防备谁的概念。

“老爷子，我晓得是咋回事了。既然你进都进来了，就暂时不要走了，陪我们坐一会儿聊一下天吧。”一个人说。

“为啥子呢？”张幺爷居然傻乎乎地问道。

“没有啥子为啥子。现在就是这个规矩，来了就暂时不要走。”

“你们是做啥子的哦？”

一个人恶作剧般地故意拉了一下枪。

张幺爷的耳朵灵光，立刻警觉地说：“你们该不是手上有家伙吧？我咋感觉像是枪上膛的声音。”

一个人笑道：“这你都知道了，还问个锤子啊？”张幺爷瞬间明白了是怎么一回事，含糊地说：“你们……”话音还没有落，就听见面前发出一阵激烈的响动。原来是石营长和崔警卫从一垄荆竹林的后面猛地蹿了出来，身法和手段都极其敏捷地同时朝着那几个人发难。

先前两个人尚且来不及看清是怎么一回事，便已经被石营长和崔警卫分别撂倒。另外两个刚要做出反应，石营长和崔警卫已经闪电出击。只听见两人的脖子处分别发出一声轻响，便闷闷地哼了一声，就软软地倒在了地上。

张幺爷不明白发生了什么状况，听见如此凌乱激烈的响动，大声疾呼道：“咋子了？咋子了？”

石营长和崔警卫相互间会心地笑了一下，没有理会他。

静园老和尚和白瑞峰他们也从林子里走了出来。白瑞峰上去拍了一把张幺爷，说道：“张幺爷，你还真可以嘛，晓得声东击西，调虎离山了，呵呵……”

张幺爷闷声闷气地说：“我都不晓得你们在说些啥子。”

被制伏的四个国民党士兵直挺挺地躺在堆满了树叶和残枝的地上。静园老和尚朝着死人的尸首唱道：“阿——弥——陀——佛——”然后回身朝张幺爷说道，“张韦昌，此处的确不是你的久留之地。老衲马上就要带着他们下到树洞之中，你……还是先回老衲的那幢破庙里躲一躲吧。”

张幺爷好像明白了老林子里即将发生的事情，也不再犯倔脾气，说：“那我真的要回去？”

“真的要回去，一会儿说不定我们都顾不上你。”静园老和尚说。

“可是我咋上憬悟寺去？”张幺爷诺诺地说。

白瑞峰朝庹铮说：“庹铮，还是你扶张幺爷去吧。”

庹铮刚要说什么，白瑞峰面露温和关爱之色，声音放缓了朝他说：“去吧。”

庹铮不好再说什么，只好搀扶着张幺爷要朝老林子外边走。张幺爷临转身时很不放心地叮嘱道：“你们可得小心点啊，那个树洞里有不干不净的脏东西。看到事情不对就赶紧脱身。”

石营长和崔警卫下了四个国民党士兵的枪，已然各自捏了一把，又要递给静园老和尚和白瑞峰。静园老和尚连忙双手合十朝石营长念道：“阿——弥——陀——佛——”

石营长咧嘴笑道：“忘了，和尚是不杀生的。”

静园老和尚念了佛号，白瑞峰也朝石营长讪笑道：“我不会用这个的。”

石营长也不强迫，和崔警卫各自挎了两把卡宾枪。

36 炼狱

树洞里居然用树枝和树皮布置了简易的软梯。四个人没费什么劲儿就下到了洞底。洞内昏黑一片，但流动的水汽却将洞里的空气充盈得温和潮湿。长长的走廊尽处，隐隐约约传来空旷的回响。很显然，走廊尽处的大厅里有人。

石营长和崔警卫变得异常警惕，静园老和尚仍旧是一副宠辱不惊的样子。白瑞峰出于职业习惯，开始借着极其有限的光线观察着走廊的四周。

“卧牛村的地底下果然隐藏着一个大世界啊！”白瑞峰叹道。

静园老和尚说道：“这不是什么大世界，这只是一个大世界的入口。”

这时，石营长朝静园老和尚和白瑞峰做了个别再出声的手势。

四个人静悄悄地朝着甬道的尽头摸索着走了进去。当他们走到甬道口时，地厅里的景象令四人不禁大吃一惊。

此时的圆形地厅已经在甬道口下方几十米处，却没有通下去的任何台阶，整个地厅看上去像一个巨大的圆形竖井。很显然，已经有人转动了暗处的机关，整个地厅向下沉陷了几十米的高度。而在半壁上的一个半敞开的洞口，有白化生物的邪恶脑袋探头探脑地朝着弄出动静的地厅下面张望。狰狞丑陋的面孔和黑白色的瞳孔让人看了触目惊心。

石营长和崔警卫情不自禁地感到心惊肉跳。

下面的地厅里火光摇曳，有七八个国民党的士兵举着“吱吱”燃烧着的火把，将整个地厅映照得红彤彤的如同炼狱一般。

地厅里的布局已经被彻底改变，那条佘诗韵带过来的小龙已经潜入了水池里，青幽幽的身体在水池里一动不动。万展飞和张子恒以及佘诗韵他们背靠背地坐在水池前面，如同囚犯一般被舒连长看管了起来。邱仁峰站在舒连长的身边，脸上洋溢着满足得意的微笑，一箱箱黄金就堆码在他的面前。

而在水池的对面，凹进去了一处佛龛一样的石室。石室里的一张用花岗石雕琢出的椅子上端坐着一个脸庞俊秀的女子——白晓杨。她头上居然戴着一束花环，花环的正中镶嵌着一颗闪闪发光的硕大宝石。

然而，此时的白晓杨就像被施了魔咒一般，脸上的表情木讷而且平静，一双原本灵动秀气的大眼睛里透露出的只有呆滞，又暗含着几分幽怨。她一动不动，平视着前方。

朱珠等四个孩子，也是木偶一般地分别站在白晓杨的两侧。

吴显涛站在白晓杨的身侧，身体笔直，就像侍奉高贵女皇的仆人一般。脚下的一道道台阶直通下面水池的中央。他披着一件黑色的斗篷，头上也带着一顶花冠，却没有璀璨的宝石。此时，吴显涛的脸上堆满了邪恶的微笑。

看着地厅里的情形，白瑞峰的眼睛湿润了，他颤声轻轻唤道：“小杨子，你受苦了。”石营长和崔警卫情不自禁地扭头看了白瑞峰一眼，有些莫名其妙。

地厅里的万展飞显然按捺不住激动的心情，他朝吴显涛沉声喝道：“吴显涛，地厅已经下陷了，你还想做什么？”

吴显涛“嘿嘿”冷笑两声，说道：“你不是要看那两颗红宝石吗？我现在就把它奉献出来，同时，我还要奉献出一颗圣洁的心灵，在这沉寂了几千年的祭坛上！”吴显涛的声音阴森森的，听了让人毛骨悚然，心里发颤。

“你不能这么干！你会引火烧身的！到时候烧的可不是你自己，而是苍生！”万展飞厉声说道。

“别危言耸听了，万神仙。到时候，我会让你做你该做的事情的。不过，现在，我请你闭嘴，别破坏了我的好心情。你看，现在这儿的一切多么令人亢奋激动。我不想因为你的大呼小叫影响了我的心情，从而改变了这么美好的气氛。”吴显涛阴森森地说道。

万展飞却哈哈笑道：“你感觉这里很好吗？你难道没有感觉到你已经把这儿布置得像炼狱了？”

吴显涛的脸色极其难看起来，他朝万展飞恶声呵斥道：“你若再不住嘴，我就在你的嘴里塞满青苔！”

“你敢！”万展飞冷硬地回应道。

“让他住嘴！”吴显涛极其不耐烦地用命令式的口吻朝舒连长怒喝道。

舒连长这时居然对吴显涛摆出一副唯命是从的样子，从一个士兵手中抓过一把卡宾枪，一枪托子就砸在万展飞的后脖子上。万展飞身子一歪就靠在了张子恒的肩膀上。

佘诗韵激动地大声喊：“你们不能这样！”边喊边想站起来。一个士兵用手按住了佘诗韵，她怒睁着一对眼珠子，恶狠狠地盯着吴显涛。

吴显涛脸上的肌肉瞬间松弛下来，一脸堆笑地朝佘诗韵说道：“你也别激动，到时候我会给你一个任务的。”说完，他从怀里掏出了一个小巧玲珑的黑盒子，平摊在左手掌上，然后用右手将盒子慢慢地打开，脸上的表情也变得虔诚肃穆起来。

两个珠子一样的石头展露了出来。石头呈暗红色，显得平淡无奇。然而，托着这两颗石头的吴显涛却显得极其庄重，他一步一步地迈下台阶，朝着水池走过去。那根浮雕着大蛇的石柱上，失去了眼珠子的蛇头高高地仰起，两个没有眼珠子的眼眶里黑漆漆的，显得很空洞，深深地透露出一种迷惘。

这时，吴显涛的脑袋从石柱的后上方探了出来，他将两个暗红色的石头分别放在了蛇头的眼眶里。奇迹就在吴显涛将石头放进去的一瞬间发生了。原本暗红色的石头渐渐地泛起了璀璨的光芒，原本僵硬地缠绕在石柱上的浮雕巨蟒似乎在这一瞬间活了过来。

而一直潜伏在水池中的小龙突然将脑袋抬出来，一双眼睛射出一束束黄橙橙的光芒。它凝视了石柱上的巨蟒片刻，然后身子开始游移，爬上了石柱的基座，顺着石蛇缠绕的姿态，死死地缠绕在了石柱之上……

吴显涛退回到了白晓杨身旁，又朝舒连长说道："现在，把老家伙弄醒吧！"

舒连长用一个瓦盆从水池里舀了一盆冷水，"呼"的一声浇在万展飞的身上，万展飞被冷水一激，醒了过来。他悠悠张开眼睛，失神地看了看石柱上盘踞着的小龙和栩栩如生的石蛇，又看了看吴显涛，虚浮无力地问道："你还想怎么样？"

吴显涛说道："我现在需要的是那把钥匙，和那颗圣洁的心灵！"

他说这话的时候显得诡异阴森。

"没有你说的那把钥匙，她开动不了那扇沉重的大门。"万展飞说。

"你别想瞒天过海。我知道，只有你才可以让她开口。"

"我不行。那是你们妄想出来的一个神话，白晓杨根本不是什么打开你所说的那道大门的钥匙。那道大门的钥匙早就失传了，不见了。"万展飞艰难地说。

吴显涛的神情变得阴森起来，他死死地盯着万展飞好一阵子，那双三角眼里寒光闪烁。"好，既然都到了这个份儿上了，你还冥顽不化。那么，我就只有用白晓杨的心来祭奠这个几千年没人打扫的祭坛了。"

万展飞痛苦地朝吴显涛说道：“你别这么做，白晓杨是不属于那个世界的人，她的心和心里流淌的血对这个祭坛是没有用的。”

“那么谁的心有用？”吴显涛急切地追问道。

万展飞痛苦地摇了摇头。

吴显涛死盯着万展飞，过了一会儿，他的脸上露出一抹狰狞的笑意，说道：“既然这个祭坛已经打开，那就得用心和血来祭奠。虽然你说她的心是没有用的，但是，至少她的心比我们这儿所有人的心都干净单纯，这就已经足够了。”

万展飞脸色苍白地朝吴显涛说道：“如果你用这样的祭奠会让那个世界感应到血腥和邪恶的，你将是有罪的！”

吴显涛“嘿嘿”怪笑道：“那个世界已经沉睡了几千年，如果用这样的血腥和邪恶能够将它唤醒，我就是下地狱也是心甘情愿的。”说着他朝白晓杨走近了几步。

万展飞极其痛苦地看着端坐在花岗石椅子上一动不动的白晓杨。

张子恒不知道吴显涛要对白晓杨做什么，呆呆地看着。

佘诗韵朝万展飞问道：“他是要把妹妹的心挖出来吗？”万展飞没有回答，但却老泪纵横。

37 时空飞轮

吴显涛站在白晓杨的面前，突然伸出手，“哗”的一声将白晓杨原本扣得严严实实的衣襟一把撕开，雪白的胸脯展露了出来……

万展飞终于大声朝吴显涛吼道：“住手！你住手！你不能这么伤害小杨子！她是无辜的。”

一直站在甬道口的白瑞峰这时也失声喊道：“不！不！”声音里充满了哀号。

吴显涛扭过头，终于望见了站在几十米上的白瑞峰他们。他住了手，回过身，用邪恶的眼神望着。舒连长和他的手下也同时用枪对着白瑞峰他们瞄准。

石营长和崔警卫立刻找了有利位置隐蔽起来，将卡宾枪稳稳地端在手上居高临下地进行瞄准。

“先别开枪！”吴显涛命令道。

这时静园老和尚朝吴显涛说道：“阿——弥——陀——佛——施主，容老衲下来和你说话好吗？”

吴显涛审视了静园老和尚片刻，神情松懈了一些，说：“可以，但是，你必须让你身后的人把手中的武器扔下来。”

听吴显涛这么说，石营长和崔警卫相互望了一眼，做了眼神的交流，然后双双走出来，将手中和肩膀上扛着的卡宾枪朝着地厅扔了下去。

静园老和尚这时按动了暗处的一处机关，只见旁边的石壁上出人意料地伸出了一排悬空的石阶，朝着地厅的下面铺展下去。

这样的设计简直是令人叹为观止。

静园老和尚带着白瑞峰他们顺着石阶下到地厅，舒连长和他的手下一副小心谨慎的样子，特别是对石营长和崔警卫，他们更是心存戒惧。出于职业本能，他们从石营长和崔警卫身上嗅出了威慑的气息。

静园老和尚凝视着吴显涛，缓声说道：“施主，你一定是中邪了，你不该有如此胆大妄为的想法。万展飞没有骗你，你们所有的猜测都是错的，那位女施主不是你们所说的打开天机法门的钥匙。”

“好，既然你也这么说，那么，你一定知道那把钥匙在哪儿！”吴显涛说道。

静园老和尚说道：“你说的钥匙，老衲给你带来了。”

“在哪儿？”

“在这位施主这儿。”静园老和尚一指白瑞峰道。

“他？”吴显涛将信将疑。

“是的。”

白瑞峰也没有料到静园老和尚会来这么一出，有点懵了。

静园老和尚朝白瑞峰说：“把你带来的东西拿出来吧。”

白瑞峰迟疑地看着静园老和尚。

“拿出来吧，这都是天意。既然是天意，我们就没有什么好担心的。”

白瑞峰终于将他手里一直提着的一个包裹搁在了地上。

“打开它。”吴显涛说道。

白瑞峰将包裹打开，玉琮和金色的飞轮便露了出来。

吴显涛隔得远，没怎么看清楚地上的东西，只看见那个金色飞轮状的东西熠熠生辉，有点不解。

舒连长要伸手拿地上的东西，静园老和尚却说了一声：“慢！”

舒连长和吴显涛都是一愣。

“你得把那个女施主从那张椅子上扶下来，她不该坐上去的。”

“那么谁该坐上去？”

“她。”静园老和尚又一指佘诗韵。

佘诗韵顿时就懵了，疑惑不解地看着静园老和尚。

吴显涛审视了佘诗韵一下，说：“她？”

“对，是她。你要的所有一切，老衲都给你带来了，只为和你换那位女施主。老衲的要求不过分吧？”

吴显涛对静园老和尚的话有点将信将疑。

静园老和尚又说道：“你若答应老衲的条件，老衲立刻把你想要看见的天机法门打开让你看。”

吴显涛犹豫片刻，终于说：“好，我信你一回。”于是将白晓杨的衣襟扣上，然后从椅子上搀扶了下来。

神情木讷的白晓杨被搀扶到了白瑞峰的面前。白瑞峰无限疼爱地看着她，伸手取下了她头顶上的那束花冠。花冠取下，白晓杨居然立刻恢复了神智，她朝白瑞峰轻轻地喊了一声“爸爸”。白瑞峰百感交集，一把将白晓杨揽进怀里，心疼地说：“小杨子，是爸爸把你坑苦了。”白晓杨朝白瑞峰莞尔一笑……

吴显涛这时又将花冠戴在佘诗韵的头上，被带上花冠的佘诗韵也顿时变得神情木讷起来。她被吴显涛重新搀扶上了花岗石的座椅。

万展飞这时看着静园老和尚，一言不发。静园老和尚也看了一眼万展飞，眼神意味深长。

“你带着他们走吧，有老衲在此就足够了。”静园老和尚朝白瑞峰说道。

白瑞峰不知道静园老和尚要做什么，迟疑不决。

吴显涛却大声说道：“慢，这儿谁也不许走，都得留下。”

静园老和尚又道：“施主，如若我一旦转动这儿的天机法门，这儿的一切都将变成一汪清水。你留他们又有何益？”

吴显涛对静园老和尚的话半信半疑，却仍旧固执地说：“老和尚，你就是说破了天，我也不会让这儿的任何一个人离开此处的。你赶紧动手吧。”

见吴显涛这种态度，静园老和尚有几分无奈地摇了摇头。他朝万展飞说道：“老弟，看来一切都是天意啊！”说完就朝水池边走去。他盘腿坐在水池边沿，开始念起了梵音。

这时，水池里一直缓缓旋动的池水开始加快了旋动速度，似乎有某种暗流注入了其中。紧接着，那根高高矗立着的石柱下发出一阵轰轰的声响，声音沉闷，就连脚下的青石板都在不住颤抖。

盘踞着石蛇和小龙的石柱开始逐渐下沉，一直消失在了基座的下面。待得大家定睛再看基座时，基座上已经变得空无一物，而且没有任何石柱下陷时留下的洞孔。但在基座的正中，却升上来了一个大石磨一样的东西。磨盘上镂空出了一组图形，白瑞峰认得那种图案，这组图形不正是在憬悟寺里看到的吗？

静园老和尚这时停止了念诵梵音，他朝神情木讷的佘诗韵轻声说道：“施主，你过来，老衲该送你回去了。”

佘诗韵竟然从花岗石的石椅上站起来，神情平静温顺，她顺着石阶走到了基座上，上了那个磨盘，缓缓地挺直着身子坐下。

静园老和尚又朝一直站着没有动的朱珠他们四个小孩说：“你们也该回去了，一起过来吧。”四个孩子也极其听话地顺着石阶走到基座上，分四角坐了下来。

静园老和尚这时站起身，从地上拿过白瑞峰带来的玉琮和金色的飞轮，缓步走到了基座上，他把玉琮沿着镂空的图形嵌入了进去。那个镂空的图形和玉琮居然极其契合，静园老和尚将玉琮嵌进去后，玉琮自己便严丝合缝地滑了下去。

静园老和尚又将那个金色的飞轮嵌入了与其契合的图形中，然后将佘诗韵的手放在上面。奇迹就在这个时候出现了，只见佘诗韵的手突然间变得晶莹剔透，炫目的光芒从她的手底迸发出来，直射穹顶，整个地厅被强烈的光芒照射得如同白昼。

空间开始旋转，时空似乎出现了倒错，一道道艳光在佘诗韵的手底迸射得愈加激烈炫目，所有的人都出现了迷离的幻觉……

庹铮搀扶着张幺爷，刚走到憬悟寺的山门处，突然感到脚底下的地面开始出现了剧烈的颤抖，一阵轰隆隆的声音从地底的深处传来，两个人站立不稳，晃动起来。

张幺爷大声问道："咋回事？是不是地震了？"

惊惧不定的庹铮当然不知道是怎么回事，情不自禁地回头朝山下看去，只见山底下的老林子开始陷落，就如同天崩地裂了一般。

庹铮声音发抖地对张幺爷说道："是……是那片老林子沉了！"

"沉了？怎么会是老林子沉了？"

世界终于平静，一切的颤栗也结束了，庹铮搀扶着张幺爷站在卧牛山的边缘，看着山下沉陷下去的老林子变成了一片汪洋。有光影在水下面移动，庹铮依稀看见在光影交错间，似乎有金字塔一般的巨大物体在水下悬浮，并且渐渐地沉入到了深不见底的水下。

张幺爷看不见任何东西，但是他已经知道发生了什么，嘴里喃喃自语道："该沉的都沉了，这个世界该清静了。"

冷冷的风抽打着这个世界，庹铮和张幺爷孤独的身影就像凝固了一般，在卧牛山的一处悬崖边一动不动……